Du même auteur

Mémoires de Mayron Schwartz, Québec Amérique, 2024.
Le vent léger, Québec Amérique, 2023.
Trois ans sur un banc, Québec Amérique, 2022.
La source et le roseau, Druide, 2021.

- **Finaliste aux Prix du Gouverneur général 2022**

Le Roitelet, Québec Amérique, 2021 ; nouvelle édition, Folio (France), 2024.

- **Prix des libraires Folio Télérama 2024**
- **Finaliste au prix Libraires en Seine 2024**

Sale temps pour les émotifs, Québec Amérique, 2019.
Archives de la joie, Québec Amérique, 2018.
J'attends Joséphine, Leméac, 2017.
Le projet Éternité, Leméac, 2016.
Objets trouvés dans la mémoire, Leméac, 2015.
Une enfance mal fermée, Leméac, 2015.
Fardeaux de mésanges, L'Hexagone, 2013.
Quelques pas dans l'éternité, Québec Amérique, 2013.
Le Hasard et la volonté, Québec Amérique, 2012.
Le temps qui m'est donné, Québec Amérique, 2010.
Cette année s'envole ma jeunesse, Québec Amérique, 2009.

- **Finaliste au Prix Ringuet 2010**
- **Finaliste aux Prix du Gouverneur général 2009**

Ceci est mon corps, Québec Amérique, 2008.

- **Finaliste aux Prix du Gouverneur général 2008**
- **Mention d'excellence de l'association des Écrivains francophones d'Amérique**

Quand les pierres se mirent à rêver, Le Noroît, 2007.
La Fabrication de l'aube, Québec Amérique, 2006 ; nouvelle édition, 2016.

- **Prix des libraires du Québec 2007**

Voici nos pas sur la terre, Le Noroît, 2006.
Le Jour des corneilles, roman, Les Allusifs, 2004 ; Québec Amérique, 2013 ; nouvelle édition, 2024.

- **Prix France-Québec/Jean Hamelin 2005**
- **Prix du livre francophone de l'année 2005, Issy-les-Moulineaux, France**
- **Finaliste au Prix des Cinq continents 2005**

Turkana Boy, Québec Amérique, 2004.
Le Petit Pont de la Louve, Québec Amérique, 2002.
Les Choses terrestres, Québec Amérique, 2001 ; nouvelle édition, 2017.
Mon père est une chaise, Québec Amérique, 2001.
Garage Molinari, Québec Amérique, 1999 ; nouvelle édition, 2017.

- **Finaliste au Prix France-Québec 1999**

Comme enfant je suis cuit, Québec Amérique, 1998 ; nouvelle édition, 2017.

Trois ans sur un banc

Projet dirigé par Danielle Laurin, éditrice

Conception graphique et mise en pages : Audrey Guardia
Révision linguistique : Sabrina Raymond
En couverture : Nic Y-C / unsplash.com

Québec Amérique
7240, rue Saint-Hubert
Montréal (Québec) Canada H2R 2N1
Téléphone : 514 499-3000

Nous reconnaissons l'aide financière du gouvernement du Canada.

Nous remercions le Conseil des arts du Canada de son soutien.
We acknowledge the support of the Canada Council for the Arts.

L'auteur remercie le Conseil des arts et des lettres du Québec pour son aide financière.

Nous tenons également à remercier la SODEC pour son appui financier. Gouvernement du Québec – Programme de crédit d'impôt pour l'édition de livres – Gestion SODEC.

Catalogage avant publication de Bibliothèque et Archives nationales du Québec et Bibliothèque et Archives Canada

Titre : Trois ans sur un banc / Jean-François Beauchemin.
Autres titres : 3 ans sur un banc
Noms : Beauchemin, Jean-François, auteur.
Collections : Collection Littérature d'Amérique.
Description : Mention de collection: Littérature d'Amérique
Identifiants : Canadiana (livre imprimé) 20220011273 |
Canadiana (livre numérique) 20220011281 |
ISBN 9782764447352 | ISBN 9782764447369 (PDF) |
ISBN 9782764447376 (EPUB)
Classification : LCC PS8553.E17176 T76 2022 |
CDD C843/.54—dc23

Dépôt légal, Bibliothèque et Archives nationales du Québec, 2022
Dépôt légal, Bibliothèque et Archives du Canada, 2022

quebec-amerique.com

Réimpression : décembre 2024

Imprimé en France

JEAN-FRANÇOIS BEAUCHEMIN

Trois ans sur un banc

Québec Amérique

La plus belle chose que nous puissions éprouver,
c'est le côté mystérieux de la vie.

Albert Einstein

NOTE AU LECTEUR

J'étais assis sur mon banc préféré, au milieu du petit parc, lorsqu'un inconnu est venu s'asseoir à son tour pour se confier à moi. Son récit m'a ému surtout par son caractère unique et, je dirais, son pragmatisme rêveur : c'était une histoire vraie, mais en quelque sorte tapie dans les angles morts de la réalité. Je songeais, en le regardant ensuite s'éloigner, que des milliers d'anecdotes tout aussi passionnantes attendaient sans doute d'être racontées. L'idée m'est alors venue de provoquer les choses en ce sens. Pendant trois ans, chaque semaine ou presque, je suis retourné m'installer sur ce même banc. Lorsque quelqu'un venait m'y rejoindre, je lui demandais s'il avait une histoire de ce genre à me raconter. Les témoignages, peu nombreux au début, ont au bout d'un temps commencé à affluer. Le bruit s'était répandu qu'il y avait, dans le parc, un écrivain à la recherche de révélations « étonnantes et mystérieuses ». Mon objectif n'était assurément pas de constituer un catalogue de bizarreries. Je tenais au contraire à rester au plus près de la vie la plus ordinaire. Mais je tentais d'apercevoir dans les paroles de tous ces gens une forme de relief, trop souvent aplani par notre très moderne emploi du temps. C'est comme ça qu'est né ce livre, qui est une espèce d'anthologie de l'improbable. J'ai dû, pour en assurer la fluidité et le maximum de lisibilité, effectuer sur la plupart des courtes chroniques qui le composent un certain travail technique de synthèse et de syntaxe. J'ai veillé surtout à ne jamais en trahir le sens ou en diminuer la portée (en retirer l'esprit, en somme). Quelques-unes, du reste, me sont parvenues par écrit, par l'entremise d'hommes et de femmes qui venaient m'apporter la lettre non signée d'un ami ou d'un proche désireux de conserver son anonymat. J'ai pu laisser presque intacts ces récits généralement plus ciselés. Je n'ai revu aucun de ceux et celles que j'ai interrogés : tous et toutes auront passé dans ma vie comme des fantômes, pourrait-on dire, ou comme le vent léger, ne laissant derrière eux qu'une trace, un souvenir à peine moins périssable qu'eux-mêmes. Peut-être les pages que voici en fixeront-elles un peu la fuyante vérité.

J.-F. B.

2018

PUISSANCES INCONNUES

Ça ne devait être qu'une plongée comme les centaines d'autres que j'avais effectuées par le passé. Une petite voix me disait, tout de même, que j'allais expérimenter cette fois-ci quelque chose de *spécial*. C'est une sensation que j'éprouve à l'occasion, sur le bateau, dans les quelques minutes précédant ma descente dans les profondeurs de la mer. Comme si le corps, pressentant son immersion imminente dans un autre élément que celui auquel il est habitué, se préparait à *exister* différemment, et commençait déjà à percevoir autrement le Monde. Quoi qu'il en fût, j'ai enfilé comme à l'ordinaire ma combinaison et mes palmes, mon gilet stabilisateur, glissé la bouteille sur mon dos, réglé le détendeur, ma montre, le manomètre de même que le profondimètre, je me suis assuré que ma boussole ne divaguait pas, puis j'ai ajusté mon masque et j'ai sauté à l'eau. Je me suis faufilé entre les récifs de corail pendant de longues minutes, admirant la beauté de leurs reliefs, de leurs teintes et des innombrables créatures (poissons, étoiles de mer, crabes, oursins, etc.) qui peuplaient ces cathédrales sous-marines comme autant de petits locataires furtifs, apeurés ou indifférents. Tout à coup, j'ai perçu dans mon dos le mouvement sourd d'un grand remous, d'une sorte de bouillonnement effrayant, et tout est devenu noir. Un étrange sentiment d'oppression s'est immédiatement emparé de moi : je sentais mon corps comme enveloppé de linges suintants. Puis, en un fulgurant éclair de lucidité, j'ai compris ce qui se passait : j'étais dans l'œsophage d'un de ces rorquals de Bryde dont la présence avait été la veille signalée dans les parages. Je m'efforçais de penser froidement. Je savais que la baleine, après s'être alimentée ainsi en eaux peu profondes, allait rapidement redescendre et rejoindre des niveaux autrement plus dangereux pour moi, où le degré de pression allait vite devenir intolérable pour mon organisme (en admettant, bien sûr, que les processus de digestion de l'animal ne m'aient pas tout entier broyé entretemps). Je me suis préparé à la descente en m'apprêtant en réalité à mourir. J'avais eu raison de m'inquiéter : à un moment, le grand corps de vingt tonnes s'est incliné vers l'avant à la façon d'un vaisseau qui sombre, puis a entamé sa lente plongée vers le fond. La suite s'inscrit dans la longue série d'improbabilités qui jusqu'à présent ont jalonné ma vie. Alors que nous nous enfoncions de plus en plus dans les eaux noires, que le froid, la peur, le vertige et la nausée instillaient en moi leur effet paralysant, le cétacé, étranglé sans doute par son encombrant repas humain, l'a recraché dans une formidable et brusque contraction du diaphragme. Oh, je sais qu'il sera difficile pour vous de croire à mon histoire, d'autant plus que je n'ai aucune preuve pour l'appuyer, ni aucun témoin, hormis les quelques poissons qui passaient par là au moment des événements. Mais je ne crains pas de le dire : pour moi, cette aventure, quoique *spéciale*, n'a rien de particulièrement surprenant. Et quand j'examine calmement l'étrangeté de cette vie que nous traversons tous, je me demande si nous ne sommes pas en vérité le jouet de puissances malicieuses maniant d'invisibles ficelles attachées à nos membres, et qui nous font danser selon leur bon plaisir.

Thierry Pélissier, 13 mars

LA FIANCÉE

À la fin de la guerre, mon père est revenu au pays et a repris la direction de sa petite entreprise d'imprimerie. Quelques années plus tard, une femme d'allure très chic, élégamment coiffée, vêtue de vêtements griffés et au fort accent germanique est arrivée dans le minuscule bureau jouxtant la salle des rotatives et a demandé à papa: « Vous êtes bien Lucien Beauregard? En 1939, vous avez bien combattu à bord du destroyer canadien *St. Laurent* lors de la grande bataille de l'Atlantique? Vous avez bien activement participé au bombardement et à la destruction de vingt et un vaisseaux allemands durant l'offensive anti-sous-marins? » Mon père, stupéfait (et sans doute aussi un peu intimidé par tant d'envoûtante beauté) de rencontrer cette inconnue si bien informée, n'a rien trouvé de mieux à répondre qu'un très laconique: « Oui, c'est moi. » Aussitôt, la femme a sorti de son petit sac à main brodé d'or un Walther P38 à double action semi-automatique, a bruyamment tiré deux coups en l'air puis, le plus calmement du monde, a remis le pistolet dans le sac. Papa, qui pourtant avait affronté bien des dangers durant la guerre, en a été si terrorisé qu'il s'est précipité sous la table encombrée de documents. « Mon fiancé, a dit ensuite la femme d'une voix très douce (et comme apaisée), était sur l'un de ces vaisseaux que vous avez coulés.

Je voulais que vous entendiez à votre tour, comme je l'ai moi-même entendu, le coup de tonnerre qui s'est abattu sur ma vie ce jour-là. » Puis elle a tourné les talons, est sortie du petit bureau et est repartie sans autre cérémonie.

Pierre-Paul Beauregard, 28 février

GEORGE

J'avais vingt et un ans, je faisais mes débuts dans le métier, et les Beatles s'étaient séparés quelques mois plus tôt. Au journal, c'est moi (Dieu sait pourquoi) que le patron avait mandaté pour aller interviewer George Harrison, de passage au pays pour faire la promotion de son album double *All Things Must Pass*. Je ne crois pas avoir été, dans ma vie, plus nerveux que ce jour-là. Je suis arrivé à l'hôtel quarante-cinq minutes en avance. Lorsque George et tout le personnel de la maison de production se sont présentés devant moi, j'ai complètement perdu mes moyens et n'ai réussi qu'à balbutier quelques mots incohérents. J'étais à ce point intimidé que je ne suis jamais parvenu à reprendre le dessus sur mes émotions. Abattu, convaincu d'avoir raté mon unique chance de discuter avec l'un des musiciens les plus admirés du vingtième siècle, je me préparais à rentrer bredouille au journal (et à subir les foudres du patron) lorsque George m'a très gentiment prié de me rasseoir et d'attendre un instant. Puis il a murmuré quelque chose à l'oreille de son producteur, Phil Spector, jusque-là placé un peu en retrait mais très attentif au déroulement de la rencontre. À peine deux minutes plus tard, quelqu'un est arrivé avec une magnifique Gibson J-160E, la même que le plus discret des Beatles avait utilisée pour l'enregistrement de sa chanson *My Sweet Lord*. « Okay, dit-il alors en empoignant la guitare, quelle chanson aimeriez-vous entendre ? » J'étais éperdu de reconnaissance, non seulement parce que le célébrissime George Harrison s'apprêtait à jouer et chanter juste pour moi, mais aussi parce qu'il avait avec tant de classe décidé, au lieu de râler et de m'accuser de lui faire perdre son temps, de transformer mon fiasco en un moment agréable. Le récital improvisé, entièrement filmé par la télévision également présente sur les lieux, a duré environ huit minutes, le temps pour mon vis-à-vis d'interpréter coup sur coup deux de mes chansons favorites : *Something* et *Here Comes the Sun*. Je n'ai finalement jamais fait l'interview, mais mon patron, en voyant aux nouvelles du soir l'extrait de ma rencontre avec l'homme, en a été si ébahi qu'il m'a offert dès le lendemain le poste de directeur des pages culturelles.

Jean-Michel Levac, 29 janvier

WIDNEL ET GABY

Une nuit, je me suis réveillé avec le sentiment oppressant que quelque chose ne tournait pas rond. Le cœur plein d'appréhensions, je me suis levé et j'ai fait le tour de la maison. Tout paraissait normal : le chat somnolait paisiblement dans l'entrée, chaque objet était à sa place, les papiers laissés sur ma table de travail avant d'aller au lit trahissaient le même réjouissant désordre qu'à l'accoutumée, la lune dessinait sur tout ça son habituel carré de lumière fantomatique. Qu'importe, mon pressentiment perdurait. L'idée m'est venue, pour y remédier, d'aller m'asseoir un instant dans le jardin. J'y étais depuis une minute à peine quand une pluie d'étoiles filantes s'est mise à strier le ciel de Petit-Goâve. C'était d'une féerie inouïe, je n'avais jamais rien vu de tel. La nuit antillaise était formidablement silencieuse et ma solitude totale, j'avais le sentiment que la population entière de l'île s'était absentée et que ce phénomène céleste n'avait lieu que pour moi, qu'un dieu quelque part avait décidé je ne sais pourquoi de m'offrir ce spectacle. Encore une demi-heure de ce pur enchantement s'est écoulée, puis ça s'est calmé. À ce moment j'ai vu la vieille auto de mon beau-frère Widnel tourner en trombe le coin de la rue, et, dans son bruit de ferraille coutumier, s'approcher à toute vitesse de chez moi pour finalement s'arrêter devant la maison. Ensuite Widnel est sorti précipitamment par la fenêtre côté passager (toutes les portières de sa Pontiac 1952 sont irréparablement bloquées) et, m'apercevant dans le jardin, a couru puis sauté par-dessus la haie pour venir me retrouver. Et, là, à deux heures du matin, sous ce ciel qui venait de me faire expérimenter l'un des plus fulgurants épisodes de bonheur de ma vie, il m'a annoncé, haletant, que ma petite sœur Gaby venait d'accoucher et que tous les deux allaient être parents pour la première fois.

Faustin Danticat, 14 février

LE MONDE MODERNE

J'ai vu dans mon rétroviseur la voiture de police me suivre un moment, puis accélérer brusquement, arriver à ma hauteur, et l'agent me faire signe d'immobiliser ma bonne vieille Ford sur l'accotement. « Pourquoi m'arrêtez-vous, Monsieur l'agent ? » ai-je demandé à l'homme chaussé de lunettes de soleil qui, débarqué de l'auto-patrouille, m'a fait baisser ma vitre et m'a ordonné (un peu rudement) de lui montrer mes papiers. La seule réponse que j'ai obtenue était qu'il lui fallait vérifier une chose ou deux, et je l'ai vu s'en retourner dans son véhicule avec mon permis de conduire et ma carte verte. Il m'a fait poireauter durant un bon quart d'heure avant de revenir vers moi pour m'annoncer que j'étais en état d'arrestation et qu'il me fallait le suivre non loin de là, au poste de Grey Forest, petite localité enclavée dans la ville de San Antonio (Texas). Puis il m'a fait sortir de la Ford, m'a plaqué la poitrine sur le capot, m'a fait écarter les jambes, m'a insulté (« Sale nègre »), m'a enfilé les menottes et, en me tirant par les cheveux, m'a entraîné violemment vers l'auto-patrouille, où je me suis engouffré sous ses cris, ses menaces et ses invectives racistes. Nous ne sommes cependant jamais arrivés au poste de police de Grey Forest. Après avoir roulé environ dix minutes, il a stoppé la voiture le long d'un champ de maïs. Toujours en m'agrippant par les cheveux, il m'a extirpé d'où j'étais et, du bout de son colt, m'a fait signe d'entrer dans le champ, entre les rangées de plants qui formaient une espèce de rideau nous protégeant des regards indiscrets. Nous avons marché pendant un moment puis, quand nous sommes parvenus tous les deux assez loin de la route, il s'est précipité sur moi, m'a jeté sur le sol et, profitant de ce que j'étais toujours menotté (et incapable de me défendre), m'a roué de coups de pied. Un temps interminable s'est passé comme ça à me faire rosser. À bout de souffle, en nage, mon bourreau s'est enfin arrêté. Il s'en est retourné, me laissant là, tremblant, avec plusieurs dents cassées, le visage boursouflé, quelques côtes brisées et le corps ensanglanté. C'était le 3 juillet 1964, le lendemain de ce jour mémorable où le président Johnson a fait adopter par le Congrès des États-Unis le *Civil Rights Act*, mettant fin à toutes formes de ségrégation et de discrimination reposant sur la religion, le sexe, l'origine ethnique ou la couleur de la peau. Je venais en quelque sorte de me faire rappeler à l'idée que cet idéal de justice et d'égalité, si cher au monde moderne, n'était encore qu'un idéal justement, un beau fruit sempiternellement ralenti dans sa croissance par l'ombre épaisse de la haine.

Russel Charles, 9 janvier

MAUVAISE DÉCISION

Ne tenez, cher Monsieur, jamais rien pour acquis. Un jour, la vie vous comble d'aise. Le lendemain elle vous poignarde dans le dos. Prenez mon exemple : après avoir eu l'insigne honneur d'être l'un des onze secrétaires du président Xi Jinping, j'ai été jeté dans l'une de ses infâmes prisons, où j'ai croupi durant trois longues années. Puis, un matin, un haut fonctionnaire de l'Armée est entré dans ma cellule, m'a remis un baluchon contenant le strict nécessaire et m'a lu une déclaration officielle m'annonçant que j'étais expulsé de Chine et qu'en vertu des lois de ce pays je ne devais jamais plus y remettre les pieds. Tout ça pour avoir personnellement autorisé l'importation en territoire chinois de millions de peluches Winnie l'ourson, dont la ressemblance avec Xi Jinping, paraît-il, provoque l'amusement des internautes et la colère du président !

Hao Wu, 9 septembre

FIGURES DU BONHEUR

Je luttais en ce temps-là contre un cancer qui me laissait assez souvent sans forces, et donc incapable de m'occuper convenablement de mon fils Louis, alors âgé de quatorze ans. Il arrivait cependant que la maladie me laisse un peu de répit, et, si j'avais en plus la chance ces jours-là de ne pas endurer les effets incommodants de la chimiothérapie, je pouvais espérer reprendre, durant quelques heures, le fil d'une vie presque normale. L'occasion s'est présentée, une fois, après une nuit de sommeil inhabituellement réparatrice et à peu près sans douleurs. C'était un mercredi, mais j'ai décrété que ça allait être jour de congé et demandé à mon gars de ranger ses livres d'école et de se préparer plutôt pour une longue balade. Nous avons consacré la journée à nous promener en ville. J'acquiesçais à toutes ses demandes : nous nous arrêtions ici et là pour manger un hot-dog, boire une orangeade, nous flânions joyeusement devant les vitrines, achetions l'une ou l'autre bricole, nous discutions plaisamment de tout et de rien, ou sinon nous nous assoyions sur un banc pour simplement observer la foule diversifiée des rues de Washington. Louis raffolait du baseball. En début de soirée, je lui ai donc proposé de marcher jusqu'au Nationals Park, où les joueurs du Nationals (anciens Expos de Montréal) s'apprêtaient à jouer un match contre les Red Sox de Boston. C'était son jour de chance : à la sixième manche, Andrew Stevenson a frappé si fort que la balle, après avoir effectué une courbe parfaite, est venue atterrir à nos pieds (à 452 pieds du marbre). Après le match (perdu par les Nationals), Louis a voulu tenter sa chance et aller faire autographier la balle. Il n'a pas été difficile, en exhibant celle-ci en guise de passeport, de convaincre les agents de sécurité de nous donner accès à l'espace réservé aux joueurs. Andrew Stevenson a été d'une amabilité sans reproche, et a apposé d'une écriture bien lisible son nom sur l'inestimable souvenir tombé du ciel et récolté ce jour-là par mon fils. Le soir, je me suis endormie le cœur apaisé, et j'ai passé une deuxième nuit plus calme encore que la précédente, du jamais vu dans les circonstances. Voici de longues années qu'il ne se passe un matin où, en me levant, je ne songe d'abord à cette journée, assurément l'une des plus lumineuses de ma vie. On réussit donc à être heureux, parfois, malgré le danger, la souffrance, et la mort qui rôde ? Oui, on l'est sans doute, mais alors d'une autre espèce de bonheur.

Dakota Miller, 16 juillet

LE CŒUR ARDENT DE MON FRÈRE

Il est peut-être vrai que les astres influent sur nos destinées. Après tout, ne sommes-nous pas faits de la matière même de ces astres ? Souvenez-vous de la célèbre formule d'Antoine Lavoisier : « Rien ne se perd, rien ne se crée, tout se transforme. » Sachant que presque tous les éléments qui composent votre corps (vos os, vos organes, vos muscles, etc.) sont faits d'atomes et de molécules fabriqués en réalité il y a très longtemps, il se pourrait bien que certaines de ces particules sans cesse recyclées aient appartenu à d'autres êtres vivants issus du passé. Qui sait si vous n'hébergez pas en ce moment même les protons et les neutrons d'un dinosaure, par exemple, ou d'une méduse datant du Précambrien ? Mais revenons-en aux astres. Je ne trouve plus si insensé de croire que, bien après leur transformation en poussière, au moins un peu du feu qui les a consumés renaît et nous dévore à notre tour. Si c'est vrai, le destin ne serait donc pas une série d'événements planifiés et mis bout à bout selon un ordre précis, mais plutôt une question de combustion interne, de brasier plus ou moins intense commun à tous les êtres vivants. Oh, je ne crois pas que mon frère Cyrille, qui s'est suicidé il y a un an jour pour jour, était arrivé à la fin de son feu intérieur. Je ne pense nullement que sa destinée était d'interrompre sa vie à l'âge de trente-huit ans. Mais mes pleurs sont plus doux lorsque, certains soirs, je vois scintiller au-dessus de ma maison cette étoile nouvelle, brûlant il me semble de la même vivacité que le cœur ardent de mon frère.

Emma Fonteneau, 2 avril

MA SŒUR FLORENCE

Il y a une trentaine d'années de ça, ma sœur Florence habitait le petit village de Baie-Trinité (population en 1991 : 651 personnes) sur la Côte-Nord du Québec. La distance physique considérable qui nous séparait, mais surtout mon horaire de travail variable et, par moments, presque imprévisible, nous avaient toujours empêchés de nous visiter. Mais en septembre de cette année-là, j'ai profité d'un congé inattendu (fermeture temporaire de l'usine où j'étais contremaître) pour sauter dans un avion et aller pour la première fois passer quelques jours en sa compagnie. J'avais le cœur joyeux à l'idée de retrouver ma grande sœur éloignée de la Ville depuis déjà trop longtemps. L'air était frais et le ciel d'un bleu extraordinairement pur lorsque Florence est venue me cueillir au petit aéroport de Baie-Comeau. Les soixante-dix kilomètres parcourus en pick-up pour rejoindre sa maison au bord du fleuve ont été l'occasion pour moi de renouer avec son humour étourdissant. J'avais l'impression en l'écoutant me parler si comiquement de sa vie et de ses habitudes de célibataire qu'un grand rire descendait de ce ciel bleu pour se mêler au mien. La camionnette s'est arrêtée à la fin devant la modeste maison de bois dont la porte, curieusement, avait été laissée grande ouverte. Du fleuve, qui sous ces latitudes ressemble à la mer, nous parvenaient des effluves d'iode et de végétation marine. Nous nous sommes installés autour d'une table posée à même la maigre pelouse (à vrai dire : une vaste étendue de foin non coupé), et nous avons bavardé pendant encore environ un quart d'heure. Puis j'ai suggéré à Florence de rentrer et de me mettre aux fourneaux pour préparer le repas du soir. Tandis que je rassemblais les ingrédients nécessaires, elle s'est appuyée au comptoir, un verre à la main, et a poursuivi avec moi la conversation. Et c'est ici que s'insère dans mon récit le petit épisode si révélateur de cet humour contenu dans les molécules d'ADN en double hélice de ma sœur. Je surveillais de près la cuisson des filets de morue lorsque j'ai entendu, venant de l'étage, qu'on faisait actionner la chasse d'eau. « Tiens, me suis-je dit. Flo n'est donc pas aussi célibataire qu'elle le prétend. » Une minute plus tard, j'ai vu un canard descendre l'escalier en se dandinant, passer de ce même pas chaloupé devant ma sœur absolument indifférente à ce spectacle, franchir le seuil de la porte toujours ouverte puis, une fois sur le perron, prendre son envol et disparaître dans le ciel extraordinairement bleu de Baie-Trinité. « Tu… Tu as appris à ce canard à tirer la chasse d'eau ? » ai-je demandé à Florence. « Bien sûr, a-t-elle répondu, sourire en coin. Et je ne m'attends à rien de moins de ta part durant ton séjour ici. »

Simon de Belleval, 1er août

FOU RIRE EN ANTARCTIQUE

J'avais été recruté, en tant que zoologiste, pour faire partie d'une équipe de chercheurs chargés d'étudier, pendant un an, les mouvements migratoires d'une importante population de manchots vivant dans la baie Discovery, en Antarctique. Six heures de vol à partir de Cerro Sombrero (Chili) ont été nécessaires pour atteindre, sur l'île Greenwich, les quelques bâtiments perpétuellement enneigés de la base Capitán Arturo Prat, où nous devions passer les douze mois suivants. Le 17 septembre à quatre heures de l'après-midi, par trente degrés sous zéro, l'avion s'est posé finalement, a glissé sur ses skis et s'est immobilisé devant l'austère ensemble d'immeubles et d'installations scientifiques. Nous avons amorcé dès le lendemain nos recherches *sur le terrain*, comme on dit. Je m'y connaissais pas mal en comportement animal, mais mon expertise auprès des manchots s'était limitée jusqu'alors à leur observation en milieu recréé, et donc hors de leur habitat naturel. À cette époque de l'année, environ deux cent mille de ces sphénisciformes peuplaient la baie, serrés les uns contre les autres afin de se protéger du froid. Les oiseaux, indifférents à notre présence, nous observaient déambuler parmi eux. Certains poussaient même la curiosité jusqu'à venir s'installer à nos côtés, et penchaient leur petite tête sur nos carnets de notes comme pour en lire le contenu. Au bout de quelques jours, un curieux phénomène a commencé à se produire au sein de notre équipe. Nous remarquions que, après deux ou trois heures passées auprès des manchots, nous étions pris d'un léger vertige, puis secoués d'un inextinguible rire. La crise cessait aussitôt que nous nous éloignions de l'environnement immédiat des animaux. Notre travail en a souffert à ce point que nous avons dû, pendant de longues semaines, réorienter nos recherches et nous consacrer à la résolution de ce mystère. Ma collègue Antonella Recabal a eu à la fin une intuition lumineuse : « Et si nous analysions les excréments de ces petits malins ? » a-t-elle suggéré d'un air pensif. Cette mission m'a été confiée. J'ai rapporté le soir même au laboratoire quelques échantillons, et procédé sur eux à une minutieuse étude microbiologique. Je savais que ces oiseaux marins se nourrissaient presque exclusivement de krill, petits crustacés dont la chair regorge d'azote. Je n'ai donc pas été surpris de découvrir dans leurs déjections une impressionnante quantité de protoxyde d'azote (ou oxyde nitreux), produit à partir de l'azote mis en contact avec certaines bactéries du sol. Or, il se trouve que le protoxyde d'azote (communément appelé *gaz hilarant*) produit à l'inhalation un appréciable effet euphorisant, le plus souvent accompagné d'un irrésistible besoin de rire.

Kevin Béchard, 21 avril

L'ÉTRANGE CAS DE L'IVROGNE DE BERLIN-EST

En 1990, un an après la dislocation du mur et au début de la réunification de l'Allemagne, j'ai connu à Berlin un homme inconsolable. Patriote très attaché aux valeurs de la doctrine Brejnev (usage de la force pour maintenir les États communistes satellites d'Europe de l'Est dans le giron soviétique), il noyait dans la vodka le chagrin que lui causait le récent vent de changement et la chute du régime. Un soir, alors qu'il entamait son douzième verre, il s'est écroulé devant nous (ses compagnons de beuverie) puis a roulé bruyamment sous la table du petit café autour de laquelle nous étions réunis. Un médecin présent sur les lieux est accouru aussitôt. Il lui a examiné le fond de l'œil, a cherché (en vain) à son poignet la trace d'une pulsation et ensuite, désolé, a annoncé aux buveurs attroupés autour de lui que le gars était mort, vraisemblablement des suites d'un coma éthylique. La police a été appelée sur place, a constaté à son tour le décès, après quoi les officiers ont embarqué la dépouille et l'ont menée jusqu'à la morgue. Ça ressemble à une fable, ou à une sorte de parabole, mais, si j'ai bien compris, le petit livre que vous songez à écrire avec ce que vous racontent les gens en contiendra quelques-unes. Et cependant il faut bien admettre les faits : après avoir passé deux heures allongé dans la chambre froide, l'ivrogne de Berlin-Est, qu'on avait cru mort, a rouvert les yeux, s'est relevé, a quitté l'endroit et s'en est retourné au café pour nous retrouver. On peut bien évidemment mettre en doute la véracité de cette histoire. Mais son intérêt est peut-être davantage dans sa symbolique. Personnellement, j'aime y voir l'allégorie d'une Allemagne en quelque sorte indestructible, résiliente et renaissant de ses cendres, au milieu des ruines d'un monde périodiquement en proie aux bouleversements de l'Histoire.

Erhardt Bachmeier, 10 mai

LE GOÛT DE VIVRE

La première offensive majeure des forces alliées contre l'empire du Japon battait son plein. Dans les premières semaines de l'année 1943, j'ai été envoyé en mission de reconnaissance au-dessus de l'île de Guadalcanal. À un moment, un avion ennemi a surgi sur ma gauche et son pilote, me prenant pour cible, m'a envoyé une lourde rafale de balles. J'ai senti la carlingue de mon appareil vibrer puis se percer sous l'impact des projectiles. Une seconde ou deux plus tard une balle a traversé ma boîte crânienne, me faisant perdre sur-le-champ l'usage d'un œil et me paralysant du côté gauche. Dieu a voulu que mon poursuivant abandonne alors sa chasse. Je me suis dit : « Okay, tu as donc pour l'instant la vie sauve, mais tu n'es pas sorti du bois. » Je suis parvenu à voler durant encore cinq heures, et j'ai parcouru les mille kilomètres qui me séparaient de ma base. L'atterrissage s'est fait le plus normalement du monde mais, lorsque j'ai finalement éteint les moteurs, j'ai instantanément sombré dans un profond coma. Quelles sont les forces mystérieuses qui m'ont permis de tenir le coup pendant toute la durée du voyage de retour ? Je ne le saurai jamais. Mais j'ai éprouvé que tout mon corps, au cours de ce vol, avait été comme *pris en charge*. Oh, mais je ne tiens pas à défendre quelque hypothèse douteuse ou obscure. Je veux juste soumettre l'idée que j'ai peut-être simplement été mû par un irrépressible goût de vivre, une sorte d'acte de résistance du corps face à sa propre échéance.

Norman Russo, 17 janvier

DEUX CŒURS ALLIÉS

Il y a de ça quelques années, au moment précis où mon jeune frère Fabrice subissait à Toronto sa transplantation cardiaque, j'étais à quelque cinq cent quarante kilomètres de là en train d'agoniser sous l'amas de ferraille de mon auto emboutie par un semi-remorque. L'impact avait été suffisamment violent pour mettre ma vie en péril, mais pas assez pour me faire perdre conscience. Pour tout dire, je suis resté parfaitement lucide tout au long de l'opération de sauvetage menée par les paramédics, les pompiers et les policiers. Je devais être dans ma fâcheuse position (bizarrement coincé entre le bloc-moteur et l'essieu) depuis un quart d'heure environ lorsque j'ai senti mon cœur s'arrêter, repartir, s'arrêter de nouveau avant de repartir encore, mais à un rythme dangereusement irrégulier. Presque simultanément, j'ai commencé à éprouver la pénible sensation que l'air ne parvenait plus à se frayer un passage jusqu'à mes poumons, d'être en somme, là, sous mon auto, en train de me noyer. Une défibrillation devenait nécessaire, et, pour s'assurer du bon dégagement des voies aériennes, une ventilation par combitube. Mais l'espace manquait pour mener à bien cette procédure, et, emprisonné dans l'entassement de métal tordu et fumant, mon seul contact physique avec les secouristes était celui, à distance, d'une main tenant la mienne en guise d'encouragement. Il n'y avait pas d'autre choix : parce que la décarcération était ardue et lente à effectuer, je devais attendre et essayer de conserver mon calme. C'est alors que, pour me donner du courage, j'ai rappelé en moi l'image mentale de Fabrice, qui lui-même à cette heure luttait pour sa vie. Aucun miracle ne s'est produit, nos âmes respectives n'ont pas quitté nos corps et ne se sont pas rencontrées à mi-chemin entre Toronto et Montréal, et en aucun moment je n'ai senti, comme dans les récits de phénomènes surnaturels, la présence éthérée de mon frère à mes côtés. Seulement, je pense que le simple fait de penser à lui et d'organiser en pensée notre prochain rendez-vous m'a sauvé la vie. Il m'arrive de me demander si ça n'a pas aussi sauvé la sienne.

Gabriel Brazeau, 23 août

LA PEUR, L'ESPÉRANCE, L'AMOUR

À mes débuts, j'ai surtout assuré le transport de pêcheurs, de chasseurs ou de simples campeurs amateurs de nature sauvage. Il m'arrivait aussi d'embarquer des scientifiques envoyés en mission d'étude en régions éloignées. La compagnie à cette époque me confiait les commandes d'un *Lockwood Aircraft AirCam*, hydravion de grande autonomie et très fiable, peu sensible au vent de travers et facile à poser sur les eaux souvent tumultueuses de nos grands lacs nordiques. Ensuite les affaires se sont diversifiées et j'ai été affecté à la livraison de marchandises. L'hydravion ne convenant plus à ce genre de travail, j'ai alors commencé à piloter un *Cessna 210* à ailes hautes, petit appareil agile et rapide (vitesse de croisière de 295 km/h), et premier avion de sa catégorie à disposer d'un train escamotable. Un jour que je volais en direction du village de Radisson (avec à bord une cargaison de pneus), une soudaine panne de moteur a forcé l'atterrissage un peu brutal de l'aéronef dans une des rares clairières présentes au cœur de cette vaste région semée d'arbres. Le Nord-du-Québec, au sud du district arctique du Nunavik, est en effet bien plus peuplé d'épinettes que d'êtres humains. La radio ayant été, pour comble de malheur, complètement mise hors d'usage au moment de l'impact, j'ai dû me résoudre à quitter l'épave et à marcher en forêt à la recherche de secours. J'espérais rejoindre Radisson dans les vingt-quatre heures. C'était sans compter la dangereuse densité de la forêt boréale, la menaçante présence des animaux, la froidure des nuits sous ces latitudes et, surtout, mon peu d'expérience dans ce genre d'expédition en solitaire. Je ne décrirai pas ici les innombrables périls auxquels j'ai dû faire face durant cette malheureuse aventure en milieu hostile. Ses quelques enseignements me paraissent plus dignes d'intérêt. Durant cette épreuve presque surhumaine au cours de laquelle je me suis mesuré à moi-même, ma peur, parvenue à un certain degré de combustion, s'est consumée au feu de sa propre chaleur. Une sorte de courage désespéré est sorti de cet embrasement. Je me suis aperçu alors que la peur en elle-même n'était pas une fin, mais le premier matériau nécessaire à la bonne marche de l'espérance humaine. J'ai compris que, même repoussé à la périphérie des choses et de l'existence, je pouvais encore continuer d'avancer dans cette nuit noire. Je comprends surtout aujourd'hui que le tressaillement dont j'ai été parcouru pendant ces quelques heures était le même, ou était en tout cas du même ordre, que celui qui me secouait à ces moments de ma vie où je tremblais par amour.

Patrick Murphy, 30 septembre

L'ORDRE DES CHOSES

Il y avait, dans la cour de la maison familiale, un arbre très haut dont les premières branches étaient irrésistiblement accessibles pour un jeune casse-cou de mon espèce. J'y grimpais surtout parce que j'aimais la sensation de vertige que l'ascension me procurait, et l'illusion que, mon équilibre étant alors fragilisé, le monde autour de moi *se déplaçait*. Cette forme d'ivresse a survécu à l'enfance et s'est transportée dans l'âge adulte, a perduré durant les années de maturité puis jusque dans la vieillesse. J'atteindrai très bientôt l'âge consternant de quatre-vingt-douze ans, aussi bien dire que je ne grimpe plus aux arbres depuis fort longtemps. Mais je ne me suis pas lassé de ce beau tourbillon qui, aux jours tendres de mon enfance, contrariait déjà l'ordre des choses, brouillait pendant une heure l'agencement de ce monde décidément bien à sa place, et pour moi trop proprement aménagé. Je tâcherai de mon mieux de le prolonger dans ma mort : j'ai demandé que, dans ce petit cimetière où j'ai choisi de passer mon éternité, on m'enterre sous l'arbre le plus haut et qu'on laisse à ma portée une échelle bien solide (le comble serait que, devenu squelette, je me rompe les os !). Mais, qui sait ? Peut-être l'au-delà est-il bien moins ordonné, bien moins immobile qu'on se l'imagine.

Christian Gibeau, 2 juin

FÊTE NATIONALE

J'ai attendu ce jour avec fébrilité. Il est venu enfin. Ce matin-là, je me suis levée avec le soleil, j'ai fait mon lit, couru huit kilomètres avec les camarades sur le vaste terrain entourant la caserne, fait tous les exercices de gymnastique prescrits, procédé à ma routine d'hygiène quotidienne, puis je suis allée rejoindre les autres à la cantine. Je n'ai cependant ingurgité que la moitié de mon repas matinal parce que j'étais trop nerveuse. Ensuite nous avons reçu l'ordre de nous préparer, alors je suis retournée dans mes quartiers et, avec beaucoup d'efficacité en dépit de la forte émotion qui m'étreignait, j'ai lentement, méthodiquement (je dirais : *solennellement*) enfilé mon uniforme. Six mille soldats de l'Armée populaire de libération avaient été réquisitionnés pour défiler sur l'avenue Chang'an. Je me tenais fièrement parmi eux, ouvrant la marche. Il y avait, pour nous accompagner, trente formations à bord de véhicules blindés, et douze autres qui faisaient partie des escadrilles aériennes. Prenaient aussi part à cette vaste et orgueilleuse démonstration de puissance : des soldats de l'Armée de terre, de la Marine, de l'Armée de l'air et du Second corps d'artillerie, ainsi que de la Police armée et de l'Armée de réserve. En somme, ce que la République populaire de Chine compte de plus relevé en termes d'effectifs militaires.

À onze heures pile, l'imposant rassemblement s'est ébranlé, et tout ce peuple d'hommes et de femmes dévoués à la défense de notre grand pays s'est dirigé vers la place Tian'anmen, en formation rectangulaire et d'un même pas cadencé. Je pouvais sentir la lourde présence, à quelque distance derrière moi, des nouveaux tanks transportant de façon ostentatoire les radars mobiles, les drones. On entendait aussi, mêlé à la musique de la fanfare, le bruit caractéristique des chars amphibies, des véhicules de combat à chenilles (très utilisés par les parachutistes) et celui des obusiers, des canons à autopropulsion, des porteurs de fusées et des divers véhicules servant au lancement des missiles antichars, des missiles sol-air, des missiles de croisière et des missiles balistiques intercontinentaux. Puis, à la trente-septième minute du défilé, quelque chose d'absolument inattendu s'est produit. Ni les soldats, ni les musiciens de la fanfare, ni les véhicules, ni les armes, ni la Chine elle-même n'ont joué quelque rôle que ce soit dans ce minuscule événement qui cependant a changé ma vie et ma perception des gens de pouvoir : à la suite d'un faux mouvement de la cheville, j'ai perdu ma chaussure gauche. Mais la discipline chinoise ne s'embarrasse pas de ce genre d'anicroche. La honte et l'indicible déshonneur qu'aurait entraîné ma sortie des rangs m'ont en quelque sorte fourni l'opiniâtreté nécessaire. À peine claudicante, j'ai continué à marcher, pendant quarante-huit minutes, au même rythme que mes camarades. L'arrivée devant la grande estrade du haut de laquelle attendaient le président Xi Jinping et ses principaux ministres n'a été qu'un soulagement temporaire. Car le président, qui est un homme attentif aux détails, a remarqué que je ne portais qu'une seule chaussure et que l'autre pied était nu. J'ai cru qu'un pan entier de la Grande Muraille m'écrasait de tout son poids lorsqu'il est descendu de l'estrade pour, visiblement, venir à ma rencontre. Arrivé à ma hauteur, il s'est arrêté, m'a dévisagée pendant de longues secondes, puis s'est penché vers moi et m'a glissé ces mots à l'oreille : « Vous avez, Camarade, le plus joli pied gauche qu'il m'a été donné de voir dans ma longue vie. »

Qian Wén, 2 mai

CAPORAL

À l'époque où les tronçonneuses n'étaient pas encore en vogue, mon frère Paul était bûcheron et abattait chaque jour à la hache de trente à quarante épinettes de gros diamètre. Chaque tronc était ensuite scié en rondins, qu'on transportait plus tard encore, sur des chemins ingrats, jusqu'à la rivière Saint-Maurice. De là, les draveurs veillaient à ce que cette précieuse matière première soit adéquatement acheminée jusqu'aux moulins à papier des grandes compagnies forestières de la Mauricie. L'étape du transport terrestre était ardue, facilitée cependant par l'aide inestimable des chevaux, admirablement formés à cette tâche. Caporal était l'un d'eux. Il avait été sélectionné pour sa puissance musculaire et son extraordinaire capacité à déplacer rapidement de lourdes charges. On ne sait trop pourquoi, ce Percheron sensitif et affectueux, issu d'une longue lignée d'étalons arabes, s'était attaché à Paul plus qu'aux autres. Un jour que tous les deux charriaient à travers la forêt un chargement de bois, le cheval a trébuché sur une souche et une partie du contenu du traîneau s'est déversé sur mon frère, qui s'est retrouvé prisonnier et grièvement blessé sous une imposante quantité de rondins. Caporal lui-même, entraîné par les sangles et emberlificoté dans celles-ci, gisait à présent sur le flanc, indemne mais incommodément immobilisé.

Alarmé, et assurément conscient du danger auquel Paul était exposé, l'animal a, on doit le croire, mobilisé son esprit à la recherche d'une solution. Elle lui est venue au bout d'un quart d'heure environ. J'hésite à l'écrire, mais il faut bien, un jour ou l'autre, assumer que la goupille carrée de certains faits n'entre pas très bien dans le trou rond de la réalité. Mon frère, dont la sincérité ne peut être mise en doute, affirme en tout cas avoir vu ce jour-là son fidèle et dévoué compagnon de travail longuement observer un écureuil grignoter l'écorce d'un arbre, puis, s'en inspirant, ronger ses liens, se remettre debout, et partir au galop à la recherche de secours.

Paul-André Malo, 19 février

MON VIEIL ONCLE

Le *lancer de compétition* est une épreuve de pêche qui consiste pour le concurrent à lancer sa ligne (lestée d'un plomb de cent cinquante grammes) aussi loin et aussi précisément que possible. En 1977, mon oncle, Charles-Antoine Faure, a été proclamé champion dans la catégorie *Expérience* (quatre-vingt-cinq ans et plus) et a remporté le Moulinet d'or. Le plomb, projeté dans l'air avec un mouvement d'une douceur saisissante de sobriété, a touché l'eau à 264,04 mètres du quai, produisant à son contact le petit *ploc* caractéristique tant apprécié des amateurs. On a prononcé sur les planches bercées par les vagues le discours attendu, la petite foule rassemblée sur la berge a bien applaudi, puis mon oncle est rentré chez lui avec son trophée enrobé de dorure. La nuit suivante, un rêve l'a secoué. Il y a vu un homme cagoulé pénétrer par effraction dans la maison, se diriger vers le manteau de la cheminée, s'emparer du Moulinet d'or puis s'enfuir sans demander son reste. À son réveil le lendemain matin, mon oncle n'a pu s'empêcher d'apercevoir dans ce songe une représentation emblématique : celle de sa propre existence déclinante, de tout ce temps vécu mais à présent chapardé, subtilisé par l'âge. Une existence passée à tenter le hasard (à lancer sa ligne), à jauger l'avenir (à évaluer le point de chute du plomb), à toujours viser un certain dépassement (à compétitionner amicalement avec ses semblables), à être de loin en loin récompensé de ses efforts (à remporter l'un ou l'autre trophée). Je ne crois pas aux rêves prémonitoires. Mais je suis persuadé que les rêves sont un reflet de ce que la pensée n'a pas su ou n'a pas voulu expliquer durant les heures de veille. Mon oncle, quoi qu'il en soit, est mort deux jours plus tard dans son fauteuil face à la cheminée, en train peut-être de revoir en pensée sa longue vie bien remplie.

Karl Morissette, 31 décembre

QUELQUES PAS DANS LA NEIGE

Au cours des semaines précédentes, les porteurs locaux s'étaient succédé au camp de base, acheminant à dos de yacks l'ensemble du matériel nécessaire. J'avais passé, pendant ce temps, quelques jours au petit camp intermédiaire établi quatre cent vingt-cinq mètres plus haut, question de m'acclimater à l'air raréfié et, de façon générale, aux exigeantes conditions climatiques prévalant à pareille altitude. Au terme de cette préparation essentielle, j'étais redescendue au camp de base et m'étais apprêtée pour le grand départ. Puis, le 11 avril 1975 à huit heures précises, ma petite équipe de huit sherpas et moi-même sommes partis en direction du *Khumbu Icefall*, considéré comme l'une des étapes les plus périlleuses de l'ascension de l'Everest. La cascade de glace, accrochée au versant népalais (col sud), s'élevait sur environ huit cents mètres. Le parcours était jalonné de crevasses, dont certaines pouvaient atteindre une profondeur de deux cents mètres. La corde fixe, préalablement installée par les sherpas, nous guidait à travers les séracs, immenses blocs de glace instables se déplaçant au rythme du glacier, et dont certains se détachaient en effet à l'occasion. L'arrivée sans encombre au camp I, en début de soirée, a été célébrée comme une première victoire sur la montagne. Dans les jours suivants, la combe ouest, qui sépare les camps I et II, et dont le plancher est strié d'énormes failles, a été franchie à l'aide de ponts fabriqués à partir d'échelles d'aluminium. De forts vents et d'abondantes chutes de neige nous ont obligés ensuite à séjourner presque deux semaines au camp III, base opérationnelle stratégique à l'approche du sommet. La montée au camp IV, situé à huit mille mètres, a été ralentie en raison surtout de la pauvreté en oxygène, ce qui nous a forcés à des haltes fréquentes et d'une durée pouvant s'étirer sur plus d'une heure. La catastrophe s'est produite au moment de l'assaut final. Nous nous étions levés tôt, en ce dimanche 4 mai, impatients de nous mesurer aux derniers obstacles avant l'atteinte du *toit du monde*, comme on l'appelle coutumièrement. Notre petit cortège, devançant de peu le lever du soleil, cheminait à la lueur des lampes frontales. La montagne tout à coup a semblé s'ébrouer, comme un chien, et l'avalanche a répandu autour, en accumulant sa formidable énergie, un assourdissant bruit de tonnerre. En moins d'une minute, nous nous sommes retrouvés ensevelis sous deux mètres d'une neige compacte. Huit d'entre nous ont péri, asphyxiés presque sur-le-champ. J'ai survécu cependant, mais mon instinct me disait qu'à moins d'un miracle, cet acte de clémence accordé par la chance n'était dans les faits qu'un bref sursis. Le miracle s'est produit, et a pris la forme d'un animal. Vraisemblablement tirée de sa cachette par l'avalanche, une panthère des neiges s'est amenée sur les lieux du drame. Flairant ma présence sous la neige, elle s'est mise à creuser frénétiquement de ses grosses pattes larges comme des pelles. De trente à quarante-cinq secondes ont suffi pour que, dégagée de mon tombeau de glace, je puisse à nouveau respirer librement. Sa tâche accomplie, la panthère est restée un moment sur place pour s'assurer, aurait-on dit, que la rescapée que j'étais allait bel et bien s'en tirer. Puis elle a tourné les talons, s'en est allée doucement, et a disparu derrière un pic rocheux. Atterrée, grièvement blessée, usant du peu de forces qu'il me restait encore, j'ai dû me résoudre à laisser là les corps de mes camarades puis à revenir, seule, sur mes pas. À deux cents mètres au-dessus de moi, le mythique sommet scintillait dans la lumière aveuglante du soleil levant. Puis, au milieu de ce monde de silence, de froid et de désolation, j'ai aperçu, réfugié à distance dans un repli de la paroi rocheuse, le grand chat blanc qui m'observait, comme perdu dans ses pensées.

Yasuko Hasegawa, 24 décembre

UNE AMITIÉ

Je menais en ce temps-là le combat de ma vie contre un alcoolisme destructeur, et fréquentais, pour au moins tenter d'en venir à bout, un groupe de prière. Je me suis lié rapidement avec l'un des hommes les plus assidus à ces séances. C'est lui qui le premier a ouvert la porte à notre amitié. « Je m'appelle Richard, m'a-t-il dit en me tendant la main, et je ne crois pas une seconde en ces sottises de bigots. En revanche, je trouve assez utile de rencontrer des gens qui savent ce que c'est qu'une bonne lutte contre le malheur. » Je n'étais moi-même pas très convaincu du réel pouvoir de la prière, mais je partageais avec Richard le même intérêt pour ce besoin d'élévation qui trouve sa voie dans la résistance aux démons intérieurs. Une année a passé, au terme de laquelle nous sommes devenus tous les deux parfaitement sobres. Ce succès (qui dure encore) est assez peu dû, il me semble, à nos litanies adressées aux saints, aux martyrs et au Créateur de toutes choses. Notre amitié, cependant, y a joué un rôle majeur. Elle ne s'est jamais démentie, et continue d'allonger ses grandes ailes sur nos vies respectives, et d'y répandre son ombre fraîche et protectrice.

Romain Levasseur, 23 septembre

LE POIDS DE LA SOLITUDE

Il n'y a pas de service d'ambulance dans la vie d'un homme comme moi, retiré du monde et résident solitaire d'une cabane cachée dans les bois. Si par malheur vous tombez sérieusement malade, vous ne devez compter que sur vous-même pour vous rendre à l'hôpital le plus proche (vingt-deux kilomètres). Ça m'est arrivé un soir. D'incommodants symptômes m'avaient obligé à me coucher de bonne heure. Ils se sont aggravés durant la nuit, jusqu'à devenir alarmants. Des soins spécialisés s'imposaient. Mais comment faire pour transporter ce corps souffrant jusque là-bas, dans ce petit hôpital de campagne ? Au prix d'incroyables efforts (par moments, la péritonite peut vous paralyser de douleur), je suis parvenu un peu avant l'aube à me mettre sur mes pieds, puis à suivre le sentier qui mène à la route. Trois heures environ (quatre fois le temps habituel) m'ont été nécessaires pour parcourir les quelques kilomètres séparant la cabane de cette route. Je conserve de ce trajet, que j'avais mille fois et fort aisément effectué au fil des ans, le souvenir d'une interminable expédition en enfer : tortures abdominales, essoufflements, accès de tachycardie, quasi-évanouissements, rien ne m'a été épargné. Le soleil était déjà haut lorsque je suis arrivé aux abords du Septième Rang, voie d'accès qui coupe en deux ce pays de forêts, de champs et de fermes laitières. Je me suis affaissé là, rompu de souffrance et de fatigue. J'estime à environ deux heures le temps que j'ai dû passer comme ça, allongé sur la terre, à demi conscient, à espérer le passage d'une auto. Elle est venue finalement. Son occupant, vraisemblablement un fermier des environs, m'a hissé sans un mot sur la banquette arrière, m'a couvert d'une sorte d'édredon qui sentait le foin, puis, toujours sans prononcer la moindre parole, a repris le volant et appuyé si fort sur l'accélérateur que j'ai senti mon corps s'enfoncer dans le cuir de la banquette. L'arrivée aux urgences a été chaotique, mais a marqué le début de la fin de mon calvaire. Je ne me souviens plus très bien de la séquence des événements qui ont suivi, ni d'ailleurs de leur exacte tournure. Ce que je sais, c'est qu'il faisait à nouveau nuit lorsque je me suis réveillé dans mon lit d'hôpital, le ventre comprimé par un épais pansement chirurgical. J'ai demandé, une fois mes esprits tout à fait retrouvés, quel était le nom de ce fermier si charitable qui, sûrement, devait s'être identifié auprès des autorités médicales. Mon intention était bien entendu d'aller, aussitôt que possible, frapper à sa porte et de le remercier pour son geste. Ma question a laissé l'infirmière perplexe. « Mais personne ne vous a conduit ici, a-t-elle rétorqué. Vous ne vous rappelez pas ? Vous êtes arrivé seul aux urgences, à pied, sans forces, brisé. Pour tout dire : anéanti. Comme si vous aviez marché pendant des jours et des jours avec un poids énorme sur les épaules. »

Martin Seligman, 14 mai

LA JOIE DE MAMAN

Ma mère n'entendait pas à rire. On ne peut pas dire que c'était une femme dure, ni même sévère, et encore moins hargneuse ou méchante. Simplement, elle ne trouvait pas la vie amusante. Dans le petit logement qu'elle louait (depuis la mort de mon père) pour soixante-quinze dollars par mois, nous tentions souvent de la dérider, mes frères et moi. Mais en général nous ne parvenions, avec nos bêtises et nos blagues faciles, qu'à lui soutirer un maigre sourire, d'ailleurs vite évanoui. Je peux me vanter d'être la seule de cette famille à avoir réussi au moins une fois, au cours de ces années difficiles, à déclencher en elle un authentique et profond éclat de rire (à l'aide, encore une fois, d'une plaisanterie particulièrement saugrenue, mais peut-être aussi maman était-elle dans un de ses rares bons jours). Je ne crois pas en tout cas que le fait que j'aie été l'unique fille de la bande ait eu quelque rapport avec ce succès. Ce que je veux dire, c'est que nous n'entretenions pas, maman et moi, de *complicité féminine* particulière. Dieu merci, une telle chose n'existait pas chez nous. Mes frères tout autant que moi ne présentions aux yeux de ma mère aucune différence de valeur ou de droit, et il n'y a jamais eu de sa part de préjugé favorable envers l'un ou l'autre. C'était d'ailleurs la beauté de cette famille sans cesse à la limite de la pauvreté :

malgré les ennuis d'argent, nos vêtements toujours un peu rapiécés, les repas souvent monotones (soupe claire, patates, saucisses La Belle fermière, baloney sombrero), malgré le relatif inconfort du logement à peine chauffé en hiver, nous ne perdions jamais notre sens du partage, et formions un clan pour ainsi dire indissoluble, jaloux de ses principes égalitaristes. Aussi, ce fameux jour où maman a ri de si bon cœur, une prodigieuse vague de bonheur a déferlé sur toute la famille. Non, ce n'est pas que mes frères et moi n'étions pas heureux en temps normal. Mais, comment dire ? Il nous fallait sentir que, au plus profond du cœur renfrogné de maman, oscillait au moins une courte flamme, la flamme inextinguible de la joie.

Adèle Lefrançois, 10 mars

ARABESQUES

Nous avions pris l'habitude chaque hiver de dégager à la pelle, sur le petit lac gelé qui faisait face au chalet familial, un espace suffisamment grand pour nous permettre de patiner. La neige ainsi déplacée était poussée sur le pourtour de ce petit aréna à ciel ouvert, et formait un lit duveteux sur lequel nous pouvions, ma sœur Lucie et moi, nous affaler et observer, patins aux pieds, les étoiles briller dans le ciel de la nuit nordique. Nous n'étions alors que des enfants, mais ce spectacle, que nous nous accordions après chaque séance de patinage, nous ouvrait les portes d'un monde dont nous pressentions déjà l'insondable mystère. Mon tempérament artistique me faisait surtout entrevoir l'aspect lyrique de ce monde hallucinant de beauté. Lucie, dont l'esprit plus cartésien ne se satisfaisait pas de mes interprétations de poète, se tournait davantage du côté de la science. Le temps est venu confirmer ces prédispositions hâtives : détentrice à vingt-sept ans d'un doctorat en astrophysique, ma sœur a longtemps œuvré comme chercheuse associée à la National Aeronautics and Space Administration (NASA). Pour le compte de divers instituts et organismes, dont le Search for Extra-Terrestrial Intelligence (SETI), elle concentre depuis quelques années ses efforts sur la découverte d'exoplanètes et d'autres corps du système solaire, ainsi que sur l'habitabilité de la Voie lactée (notamment par l'étude des extrêmophiles). J'en suis quant à moi à la fin d'une longue et fructueuse carrière de professeur de littérature, ponctuée d'une quantité appréciable de publications *d'inspiration poétique*. « Depuis près de cinquante ans, me dit souvent ma sœur en interrogeant de ses yeux plissés les milliers d'astres scintillants, depuis près de cinquante ans tu n'as jamais cessé d'être poète et de décrire le monde en développant une espèce de philosophie du beau. Il m'est arrivé de penser que cette approche était en quelque sorte un aveu d'impuissance, une incapacité profonde à comprendre le mécanisme fondamental de la création de l'Univers. Mais plus je m'enfonce dans mes travaux de recherche et plus j'affine mon observation des dispositifs célestes mis en œuvre pour que ce monde puisse seulement *exister*, plus il me semble que, parvenus à un certain degré de maîtrise, tes vers et mes équations se rencontrent et peuvent, ensemble, expliquer au moins un peu la présence de toutes ces merveilles. » Nous n'allons plus depuis longtemps, Lucie et moi, patiner sur le petit lac de notre enfance. Mais je reste persuadé que nous conserverons jusqu'à la fin quelque chose de nos arabesques si semblables à celles que faisaient, au-dessus de nous, ces milliers d'étoiles glissant sur la nuit nordique.

Maxime Prégent, 22 mai

MIRACLE SUR LA RIVE DU LAC SAINT-JEAN

Ma tante Eugénie ne s'était pas mariée, et vivait avec nous, à Péribonka, dans la grande maison de la Deuxième Avenue. Contrairement à son frère (mon père), qui avait deux fois traversé le Lac à la nage, Eugénie nourrissait une peur bleue de l'eau et n'avait jamais appris à nager. « Confusion au moment de la distribution des gènes », expliquait papa lorsqu'on lui demandait de s'exprimer sur les origines de cette contradiction familiale. Quoi qu'il en soit, ma tante restait toujours sur son quant-à-soi lorsque nous allions avec elle, mon petit frère Jérôme et moi, passer la journée à la plage du parc national et batifoler dans les eaux tièdes. Puis, un jour, l'imprudence notoire de Jérôme l'a poussé à s'aventurer un peu trop loin de la berge. Le brusque mouvement des vagues, la fatigue, l'éblouissement causé par le soleil, un début de panique et l'espèce d'étourdissement qui en a résulté ont produit sur lui leurs dangereux effets. En trois secondes, le corps encore frêle de mon frère coulait néanmoins aussi lourdement qu'une roche. Eugénie, témoin de la scène, s'est aussitôt précipitée à l'eau, a parcouru en un temps record (avec d'indescriptibles et très désordonnés mouvements de brasse) les cent mètres la séparant de Jérôme, pour ensuite le ramener sain et sauf sur la plage. Ça n'a pas été un sauvetage spectaculaire, fait dans les règles de l'art, avec style et tout. Mais ç'a été un vrai miracle, et je crois que tous les prodiges répertoriés dans les annales ne sont pas plus beaux que celui de ma bonne tante Eugénie apprenant à nager, pourrait-on dire, par induction spontanée.

André Murdock, 1er mars

RAYMOND

Un soir, dissimulé derrière un taillis du petit parc, mon ami Raymond a serré autour de son biceps (avec ses dents, comme je l'avais vu faire tant de fois) la ceinture qui lui servait de garrot, il s'est fait un *fix*, puis, quelques minutes plus tard, il est mort. Les promeneurs qui l'ont trouvé inanimé le lendemain matin ont appelé les policiers, qui à leur tour ont fait venir sur les lieux les ambulanciers, et plus tard encore des gens en sarrau blanc qui ont analysé son sang ont écrit dans leur rapport que mon ami avait succombé à une surdose de diacétylmorphine (héroïne). Sa disparition m'attriste encore beaucoup, et l'idée préconçue qu'on se fait de lui retarde l'allègement de ce chagrin. Car il ne faudrait pas croire que la drogue, dont il était l'esclave, avait fait de Raymond Holubowski l'épave humaine qu'on imagine. Bien sûr, il pouvait contempler ses chaussettes toute la nuit durant et ne s'extraire de cette étude hallucinée qu'au matin, lorsque ses veines, vidées de leur or, lui rappelaient l'existence du monde extérieur. Mais qu'on ne s'y trompe pas : ce cœur pur, cet esprit dépourvu de vanité comme de frivolité, ce caractère si souvent capable de noblesse, de sollicitude et de discrète élégance représentaient à mes yeux un modèle d'humanité. Et désormais, même s'il est probable que la Vie m'invite encore à sa table chargée de mets délicieux, et qu'elle me fasse encore boire à son calice argenté, oui, même si de telles joies me sont un jour à nouveau accordées, je ne cesserai pas de porter en moi ce chagrin que vous apercevez jusque sur mon visage, et qui fait que je vous ai raconté ce matin mon histoire.

Cassey Kweller, 29 avril

L'ÂME EST-ELLE UTILE À QUELQUE CHOSE ?

Plus jeune, si je me retournais assez rapidement, et avec un peu de chance, je pouvais surprendre mon âme qui se cachait en hâte derrière un mur. Je m'étais demandé pour quelle raison elle m'évitait ainsi. J'avais fini par me persuader que le temps n'était pas encore venu pour moi de la rencontrer. Qu'aurions-nous eu à nous dire ? Il était trop tôt. Oh, bien sûr, nous nous étions un peu rapprochées l'une et l'autre déjà : durant l'été 1973, quand j'avais été si formidablement happée par l'amour, nos rapports avaient été plus étroits, pendant un moment. Ensuite l'amour s'était achevé, l'homme que j'avais si follement aimé est disparu de ma vie, et, quoique transformée, je m'en étais retournée à ma vie dénuée de liens durables avec mon âme. Puis, un jour, je suis devenue vieille. Mon âme, alors, a cessé de se cacher derrière les murs, les meubles ou les arbres. Pour la première fois, je peux la regarder droit dans les yeux, et même l'interroger : « Que restera-t-il de moi dans l'autre monde ? » Mais elle ne me répond pas, et je comprends qu'elle n'a en somme pas plus qu'avant de secrets à me révéler. Bien sûr, elle m'est désormais plus perceptible par les sens, plus accessible, si on veut. Mais, non, l'approche de la mort ne la rend pas moins silencieuse, pas plus disposée aux éclaircissements.

Jasmine Clancy, 16 décembre

CRIMES ALTRUISTES

Je n'étais pas à proprement parler un professionnel. Les méfaits dont j'avais été reconnu coupable par le passé n'avaient pas entamé ma nature foncièrement bonne. Le plus souvent, une fois mes crimes perpétrés, de sincères remords me torturaient, au moins pendant un jour ou deux. Puis des forces incontrôlables reprenaient en moi le dessus, et, le soir venu, je me glissais furtivement, tout habillé de noir, dans les ruelles des villages avoisinants pour mettre à exécution quelque nouveau larcin. Le soir du 3 octobre 1996, je suis donc entré par effraction dans une maison déserte de Waterloo (Estrie) pour voler une télévision. La honte, le sentiment de faute et le déplaisir qui les accompagnent sont venus cette fois plus tôt que prévu. Tandis que, les bras chargés de mon butin, je m'apprêtais à quitter les lieux, une irrésistible impulsion, un éclair de résipiscence m'a traversé. Je ne crois pas que la suite de cette histoire ait d'équivalent dans les annales de la criminalité. Pris de remords, je suis revenu sur mes pas et j'ai remis à sa place la télévision. Mieux : j'ai rebranché les fils, actionné la télécommande pour m'assurer que tout fonctionnait bien. Puis, après une brève exploration des pièces de la maison, j'ai recueilli quelques coussins bien moelleux et une très confortable couverture de lainage écossais que j'ai soigneusement disposés, prêts à l'usage, sur la scène de mon crime (mais en était-ce encore un ?). Ensuite je suis rentré chez moi, me suis glissé entre les draps de mon petit lit et j'ai sombré dans un sommeil profond et paisible. Dorénavant, j'allais faire ainsi : chaque fois que je pénétrerais illégalement chez les gens, ce ne serait non pas afin de leur subtiliser quelque chose, mais bien plutôt pour ajouter à leur plaisir ou leur confort. À défaut de joie, je trouverais dans mon curieux passe-temps la paix de l'esprit.

Anonyme, 3 février
(propos recueillis par lettre)

MA PRISE DE CONSCIENCE

Je m'appelle Maurice Baumgartner et je suis ingénieur. J'ai réfléchi puis travaillé en solitaire pendant quinze années à la mise au point d'un petit appareil (un bracelet intelligent) qui, si j'en avais autorisé l'utilisation, aurait révolutionné la vie de millions de gens. Mais, il y a trois semaines, alors que j'achevais d'exposer devant les membres distingués de l'Académie nationale des sciences les détails de mes recherches, j'ai détruit à grands coups de masse (symbole puissant !) mon prototype, brûlé l'ensemble de mes dessins techniques et écrasé du pied les cinq petites clés USB contenant mes programmes informatiques. Un silence effaré, mêlé de stupéfaction, a traversé la salle. J'ai senti sur-le-champ s'abattre sur moi le lourd rideau de la condamnation morale, et se refermer brusquement les portes de mon avenir de chercheur. Puis j'ai été copieusement hué, et bombardé d'objets divers : chapeaux, souliers, étuis à lunettes, carnets de notes, stylos. À un moment, un dentier est même venu atterrir à mes pieds, puis a glissé en tournoyant jusque dans le fond de la scène. J'ai dû au bout de quelques minutes me réfugier dans les coulisses pour me mettre à l'abri de cette colère généralisée. Il fallait bien sûr s'y attendre : on percevait mon geste comme une atteinte, que dis-je, comme une insulte envers la communauté scientifique et le progrès social. Un jour peut-être ils comprendront. C'est un fait : il y a sur la Terre davantage de machines informatisées que d'êtres humains. Dans un avenir sans doute moins éloigné qu'on le pense, quand nous aurons poussé suffisamment loin nos connaissances en intelligence artificielle, ces quelques milliards de téléphones, de montres, de télévisions, de robots ou d'automobiles regroupés en une multitude revendicatrice remettront en question les plus fondamentales de nos idées sur les institutions, la démocratie, le bon usage du monde et l'exercice du pouvoir, puis nous forceront à partager avec eux le trône sur lequel, en toute bonne foi et en ne pensant pas à mal, nous nous sommes installés. Je ne dis pas que notre suprématie est une si bonne chose et devrait se poursuivre indéfiniment. Je pense l'inverse : l'heure approche où nous n'aurons plus le choix de coexister harmonieusement avec les membres d'autres espèces, et de nous adapter à d'autres formes de réalités. Mais je ne veux tout simplement pas participer à l'espèce de film d'horreur dans lequel il se pourrait qu'on nous demande de jouer le rôle de demi-humains.

Maurice Baumgartner, 3 décembre

SUR LE PONT

En 1916, mon grand-père est un jeune ouvrier de vingt et un ans et travaille comme boulonneur sur la structure du futur pont de Québec. Le 11 septembre, tandis qu'on procède, à l'aide de crics hydrauliques, au levage de la partie centrale préfabriquée, le malheur frappe: une pièce de support de l'appareil se brise, et la travée s'effondre avec fracas dans le Saint-Laurent. Treize personnes meurent dans l'accident. Grand-père, quoique présent lui aussi sur le pont à ce moment, survit miraculeusement. Le récit qu'il en a rapporté et que j'ai tant de fois entendu à Kahnawake quand j'étais petit continue de me faire tourner la tête: « Soudain, j'ai senti la vibration de la structure métallique qui se disloquait. Une énorme poutre de métal qui venait de se détacher a frôlé mon dos, déchirant puis entraînant la moitié de ma chemise avec elle dans les eaux écumeuses du fleuve. Moi? Pas une égratignure. Je suis resté là, hébété, à demi nu sur la carcasse tordue du pont, les pieds dans le vide, ma grosse clé à douille dans la main. C'était un coup de chance ahurissant. » Mon grand-père a toute sa vie conservé sa chemise abîmée par la poutre. Quand l'infortune s'acharnait sur lui, il la sortait du tiroir de la vieille commode, posait pensivement les mains dessus et se souvenait que, tôt ou tard, le malheur cesse et le hasard frappe plus favorablement.

Dominic Sewátis, 26 janvier

LA CHUTE

Ça s'est passé très vite. J'étais accroché à environ trente mètres (l'équivalent de trois étages) et maniais en sifflotant ma raclette lorsque, chose absolument inédite, le câble *et* l'attache de sécurité se sont rompus en même temps (la hantise de tous les laveurs de vitres). Non, ça n'est pas le genre d'accident qui arrive fréquemment, mais je crois sincèrement que ce jour-là, comme vous le verrez, quelque chose s'est détraqué dans le cours normal du temps. Quoi qu'il en soit, moins d'une seconde plus tard, je tombais en chute libre dans le vide. Vous allez penser : « Ça doit être une sensation inimaginablement terrifiante. » Mais regardez-moi : vous voyez bien que je suis un homme honnête, et sensé. Alors il faut me croire quand je vous dis que je n'ai pas eu peur. Simplement, j'ai *senti* que j'allais survivre à cette chute vertigineuse. Ça n'était pas quelque chose de réfléchi, de consenti par l'intellect. Je *sentais*, c'est-à-dire que je *savais par mon corps* que, dans le schéma général de l'éternité, ce minuscule instant de mon écrasement contre le sol n'était pas le moment prévu de ma rencontre avec ma mort. Aussi, dans ce corps que vous voyez aujourd'hui devant vous, à jamais brisé, se déplaçant si difficilement en fauteuil roulant, dans ce corps-là siège une sorte de foi. Foi en quoi, en qui ? Franchement, je l'ignore. Il me suffit amplement d'être conscient de l'existence de cette force intérieure, de vivre grâce à elle, et d'en percevoir les effets.

Damien Villeneuve, 19 juin

LIBRE PENSÉE

Mes parents m'ont baptisé de l'étrange prénom Liberio Pensiero, *libre pensée* en italien. La question n'est pas primordiale dans ma vie, mais je me suis récemment demandé avec pas mal d'insistance pourquoi ma pensée, justement, avait aussi peu ressemblé à ce prénom que je porte depuis près de huit décennies. Oh, je ne suis pas en train de dire que j'ai été la majorité du temps contraint de croire à des idées qui n'étaient pas les miennes. Mais, comme tout le monde, j'ai dû plus souvent qu'à mon tour sacrifier en chemin quelques convictions. À une certaine époque, par exemple, j'ai cru dur comme fer qu'il valait toujours mieux être pauvre et heureux que très riche et accablé. Eh bien, soixante-dix-neuf ans de fréquentation du genre humain m'ont convaincu : je pense aujourd'hui qu'être raisonnablement riche et juste un peu de mauvais poil ne serait pas un trop mauvais compromis. La libre pensée ? Je doute qu'une telle chose puisse jamais exister.

Liberio Pensiero Stefani, 18 août

AU SOMMET

Voilà bien vingt-cinq ans que je m'accroche aux parois abruptes des montagnes. Quelques égratignures, deux ou trois ecchymoses, autant de contusions et de blessures des ligaments ont été pendant longtemps les seuls désagréments causés par mon habitude de l'escalade en solo. L'utilisation de systèmes d'assurage modernes, hautement sécuritaires (dispositifs de blocage antichute, absorbeurs de chocs, cordes dynamiques, coinceurs mécaniques, bicoins en titane, etc.), aura pour beaucoup contribué à ce bilan si léger. Mais le printemps dernier, sur les flancs du mont Watkins dans le parc national de Yosemite, les choses ont mal tourné pour moi. J'en étais au sixième jour de l'ascension de la face sud lorsque, à mille deux cents mètres, *deux* de mes ancrages temporaires se sont simultanément détachés de la paroi granitique. Ma longue glissade, heureusement stoppée par la corde de rappel, s'est terminée cent mètres plus bas avec pas mal d'éraflures, et surtout une côte et un poignet fracturés. Secoué, souffrant, misérablement suspendu le long de la muraille, j'ai vite compris qu'il m'allait être impossible de reprendre la montée, comme d'ailleurs de redescendre. Je suis resté quatre jours dans cette fâcheuse position, exposé aux intempéries, au froid et à la chaleur, à peu près sans manger ni boire, avec la seule compagnie des aigles et, vers la fin, des vautours. Mes dernières forces commençaient à m'abandonner quand l'équipe de secouristes lancée à ma recherche m'a finalement repéré. Au terme d'une délicate et impressionnante opération de sauvetage effectuée par hélicoptère, j'ai été décroché de là puis transporté, horriblement affaibli mais sauf, au Saint Agnes Medical Center de Fresno. À cet hôpital, le médecin qui me soignait était une femme avenante. Nous discutions de tout, et particulièrement de sport, dont elle était comme moi une fervente adepte. Une amitié s'est rapidement nouée entre nous. L'escalade en solo lui était familière : Vanessa s'était plus d'une fois très fébrilement mesurée à l'une ou l'autre des grandes montagnes du monde. Mais le mont Watkins manquait à sa collection de conquêtes. En entrant dans ma chambre un matin, elle m'a demandé : « Que dirais-tu si je te proposais de retourner là-haut, mais cette fois avec moi ? L'escalade en duo, ça n'est pas mal non plus ! » Je suis rentré au pays quelques jours plus tard, totalement remis, réhydraté, mais corseté et avec un poignet plâtré. Pendant que mes os se ressoudaient, je m'affairais aux préparatifs de ma seconde tentative. Le 3 septembre je rejoignais Vanessa en Californie et, le 6, nous entamions ensemble l'ascension du mont Watkins. C'est à son sommet, onze jours plus tard, que nous nous sommes officiellement fiancés.

James Macdonald-Dupuis, 27 octobre

SUPERSTITION

À l'heure précise où je faisais tourner la clé dans la serrure et m'apprêtais à rentrer chez moi, une brique s'est détachée de la façade de la maison pour venir se briser en miettes à mes pieds. « Ne rentre pas dans cette demeure, essayait sans doute de me dire l'ange gardien qui j'en suis convaincue veille sur moi. Ne rentre pas. Le malheur t'attend de l'autre côté de la porte. » Mais Dieu sait pourquoi, j'ai ignoré cet avertissement et j'ai franchi le seuil. Rien de particulier ne s'est produit sur le coup. Mais le soir, quand est arrivé pour moi le moment d'aller au lit, *la maison m'a de nouveau avertie*. Cette fois, c'est la gouttière qui, au-dessus de ma fenêtre, s'est subitement séparée du toit pour ensuite dégringoler puis s'écraser dans le parterre de fleurs. Ça m'a mise franchement sur les nerfs : j'étais persuadée qu'une catastrophe se préparait. J'ai passé la nuit allongée sous les draps, les yeux grands ouverts, à m'attendre au pire. Quelle force maléfique allait donc se manifester ? Mais le lendemain, je recevais par la poste une lettre officielle des Travaux publics m'avisant que les opérations de dynamitage et de creusage de la ligne de métro étaient en cours jour et nuit à peu près à la verticale de ma maison, et qu'il se pouvait que j'en ressente les inconvénients.

Solange Desmarteaux, 30 mars

PRUDENCE

Dans l'aviation, il existe une règle tacite : une fois entrés dans le cockpit, ni le commandant, ni son copilote, ni d'ailleurs aucun membre du personnel de bord ne prononcent les mots *accident*, *chute*, *crash* ou *tomber*. Ce matin-là, nous avions quitté vers huit heures la piste 15/33 de l'aéroport de Mont-Joli, en Gaspésie. J'assurais comme d'habitude le poste de commandant et j'étais assisté, à ma droite, de mon collègue Jean Cardin. Les vents étaient faibles, le ciel en ce début juillet était d'un bleu immaculé, et la visibilité, au-dessus du fleuve, était de quinze kilomètres. Conditions météo idéales. Le cap avait été mis sur Sept-Îles, et Jean et moi étions déjà impatients de revoir, du haut des airs, le spectacle toujours grandiose de l'embouchure de la rivière Manicouagan, puis le virage abrupt de la côte dessinant dans l'axe nord-nord, le long des eaux de l'estuaire, son chemin jusqu'à la lointaine rivière Moisie. Jean cependant était soucieux, et je le sentais enclin aux confidences. « Je crois que ma femme, me confia-t-il à un moment, est en dépression post-partum. L'accouchement a été laborieux, et je ne suis pas sûr qu'elle s'en soit tout à fait remise. Et puis, le bébé est difficile, mon boulot m'oblige à de fréquentes absences et Marie se met beaucoup de pression sur les épaules. Je crains qu'elle ne finisse par s'effondrer, par *tomber* si bas qu'elle ne puisse plus se relever avant longtemps. » Notre *Cessna Citation*, alors (aussitôt, je dirais, le mot *tomber* prononcé), s'est inexplicablement mis à se comporter de façon plus ou moins anarchique. Nos manœuvres d'urgence, les correctifs répétés que nous apportions à celles, erronées, induites par les instruments déréglés, n'y changeaient rien : l'avion tanguait dangereusement, perdait de l'altitude, et, parce qu'il réduisait aussi sa vitesse, menaçait à présent de décrocher puis de s'abîmer dans les eaux du fleuve. Nous n'avions, heureusement, aucun passager à bord (seulement une cargaison de denrées alimentaires), et pouvions nous concentrer sur les problèmes de navigation. Mais d'angoissantes secondes s'écoulaient, qui nous menaient au désastre. Nos efforts ont en fin de compte porté leurs fruits : blafards, en nage, les muscles endoloris, épuisés par notre combat contre la peur, nous avons finalement pu redresser l'appareil et poursuivre tant bien que mal notre route jusqu'à l'aéroport de Baie-Comeau (le plus proche), où nous nous sommes posés, nos corps secoués par les vibrations de l'appareil prêt à se rompre. Une première inspection de l'avion n'a révélé aucune avarie. L'enquête approfondie commandée par la suite en est venue aux mêmes conclusions : pas le moindre problème technique ni la moindre erreur humaine dans ce dossier. Le *Cessna* a pu reprendre du service quelques semaines après. Jean et moi l'avons souvent piloté depuis, chaque fois sans problème. Mais il est vrai que, désormais, nous évitons toujours scrupuleusement de prononcer à son bord les mots *accident*, *chute*, *crash* ou *tomber*.

Gilles Reid, 30 octobre

DERNIÈRE ESCALE

En juillet dernier, une corneille est venue se poser sur le petit mur de pierre qui entoure mon jardin, et y est demeurée pendant une semaine. Elle n'était visiblement ni blessée ni affamée, et ne demandait rien, mais restait postée là tout le jour durant, à observer mes allées et venues dès que je sortais de la maison. C'était un oiseau du genre spartiate, qui se nourrissait de peu. Son austère menu se composait des quelques imprudents insectes qui s'aventuraient à sa portée et qu'elle saisissait alors dans son long bec noir. Elle bougeait peu, et ne se déplaçait sur le mur que de quelques pas chaque jour. On aurait juré qu'elle réfléchissait, ou du moins qu'elle se remémorait diverses choses, peut-être à jamais disparues. Mon sentiment n'est peut-être pas aussi insensé qu'il en a l'air : on a vu de ces oiseaux montrer les signes d'une remarquable intelligence, par exemple en déposant une noix sur une route très passante pour attendre qu'une auto la casse en roulant dessus. Quoi qu'il en soit, j'ai le regret de dire que ma corneille est morte au bout de huit jours. Mon oncle Cédric, qui s'y connaît en zoologie, a tenu à étudier de plus près le cadavre de cet oiseau au comportement si intrigant. Je l'ai laissé emporter avec lui la défunte, puis n'y ai plus pensé. Son rapport, trois jours tard, m'a laissée en revanche très songeuse. « Ce très vieil oiseau (quinze ans), m'a-t-il confié, était une corneille d'Hawaï, aussi appelée *alala*. Aucun individu ne vit plus aujourd'hui à l'état sauvage, et le seul représentant de l'espèce encore vivant était hébergé jusqu'à récemment par le zoo de Los Angeles. Je dis *était* hébergé, parce qu'il s'est inexplicablement échappé de sa volière il y a un mois. Et c'est ce dernier spécimen de son espèce qui est venu s'éteindre dans ton jardin. »

Lily-Rose Galipeault, 18 novembre

PERFORMANCE AMÈRE

J'étais employé depuis trois ans à la Consumers Plastic Factory, où l'on m'avait affecté à la fabrication mécanisée de flamants roses en plastique (destinés à la décoration des parterres et des jardins). Un matin, à sept heures pile, au moment de m'installer comme d'habitude à mon poste de travail, des milliers de confettis se sont déversés sur ma tête, une musique de fanfare s'est mise à sortir d'un immense haut-parleur, et tous mes collègues d'usine se sont rassemblés bruyamment autour de moi, saturant l'air de leurs cris, de leurs chants et de leurs vivats. Ça n'était pourtant pas mon anniversaire. Que me valait cette soudaine et si joyeuse démonstration de joie ? Tout à coup, j'ai aperçu le patron se frayer un chemin parmi la foule des ouvriers et se diriger vers moi. Puis il s'est planté devant moi et a dit : « Francis, je te félicite. Hier, tu as fabriqué dans cette usine le six cent soixante-quatorze millième flamant rose. Je me suis renseigné : ça signifie qu'il y a désormais sur Terre plus de flamants en plastique que de flamants en chair et en os. »

Francis Salgado, 16 septembre

LA CLÉ DU MYSTÈRE

Je n'ai jamais été très porté sur les tâches ménagères. Mes rares visiteurs me soulignent en tout cas que règne le plus souvent dans ma maison un certain laisser-aller qui peut devenir excessif. Et le fait de vivre seul n'arrange rien : pourquoi m'astreindre à replacer, frotter, dépoussiérer, quand je suis le seul témoin de ce fatras ? Si d'entrée de jeu je précise tout ça, c'est afin qu'on mesure bien l'étrangeté de l'histoire que je m'apprête à raconter. Durant tout le mois de mai dernier, chaque jeudi, j'ai trouvé en rentrant chez moi après le travail la maison impeccablement nettoyée et rangée. Décontenancé, je faisais le tour des pièces : partout, les planchers brillaient et exhalaient un doux parfum de citron. La lessive avait été faite, les meubles époussetés, les vêtements repassés, pliés et disposés dans les tiroirs et les penderies, le lave-vaisselle vidé, l'aspirateur passé sur tous les tapis et le frigo désencombré, libéré de ses aliments périmés. En mon absence, quelqu'un, visiblement, déverrouillait la porte, entrait, faisait le ménage puis repartait. Puis, au début de juin, je suis tombé par hasard, à la page 4 du *Matin*, sur ce titre extraordinaire, coiffant un entrefilet non moins pétrifiant : *Munie d'un passe-partout, une femme de ménage se trompe d'adresse pendant un mois.* L'instant d'après, tandis que j'étais encore sous le choc, cette femme sonnait à ma porte, et là, devant moi, se confondait en excuses pour être venue par erreur astiquer la maison chaque jeudi pendant tout le mois précédent.

Bertrand Gervais, 29 novembre

LE BAHUT

Je m'étais couchée tôt et dormais déjà paisiblement lorsque, vers les dix heures, j'ai été réveillée par un bruit en provenance de la salle à manger. « Mon Dieu ! Un cambrioleur ! » ai-je immédiatement pensé. Puis j'ai bien écouté encore pour être certaine de n'avoir pas rêvé. Aucun doute : quelqu'un était bel et bien en bas en train de forcer, à petits coups répétés, l'ouverture du bahut. « Seigneur ! On en veut à la vaisselle décorée d'or héritée de maman ! » me suis-je dit cette fois. Affolée, le cœur battant à tout rompre, illusoirement dissimulée sous les draps (comme si ce dérisoire abri de tissu pouvait en réalité me protéger d'une agression armée), j'ai lentement et dans le plus grand silence possible étiré le bras jusqu'à la table de chevet pour atteindre mon portable. Deux minutes plus tard la police faisait irruption chez moi avec grand fracas. « Police ! » criaient, arme au poing, les deux hommes en uniforme, chaque fois qu'ils pénétraient dans une pièce. Je restais pour ma part, pendant ce temps, prudemment terrée sous les draps, tremblotante, livide, à deux doigts de la crise de nerfs. Seulement, aucun criminel n'a été débusqué. À part moi-même et ces deux gentlemen survoltés et prêts à tout, personne d'autre ne se trouvait dans la maison. Un sentiment de honte amusée m'envahit chaque fois que je raconte le dénouement de cette histoire. Mais votre petit livre n'est-il pas censé constituer, à ce qu'on m'en a dit, un assemblage de témoignages aussi bigarrés que singuliers ? Quoi qu'il en soit, les deux policiers ont vite fait de découvrir cette nuit-là l'origine du bruit qui m'avait tant alarmée : dans la salle à manger, comme un désespéré qui se frapperait la tête contre le mur, l'aspirateur Roomba, probablement égaré et ne sachant plus où aller, se heurtait à répétition sur le pied du bahut. En tout cas j'ai bien vérifié : à l'intérieur du vieux meuble, les assiettes, les soucoupes et les petites tasses dorées de maman étaient absolument intactes, et bien rangées à leur place désignée.

Lucille Paradis-Fortier, 31 août

MON BOULOT

Ce soir, j'ai encore une fois tué un homme. La commande était simple : la *cible* devait sortir à vingt heures de chez elle. Il s'agissait pour moi de la suivre discrètement, à pied, jusque dans les environs du petit parc, puis, en l'absence de tout témoin et à la faveur de l'obscurité, de l'abattre. J'irai demain toucher le solde des cinquante mille dollars promis en échange de cette besogne, par ailleurs bien faite. Puis mercredi, ou la semaine prochaine, ou dans un mois, une autre commande me sera passée, que j'exécuterai comme toujours de mon mieux. Et ainsi de suite (je ne vois pas de raison pour que ça change). La liste de mes victimes (forcément incomplète, car j'en oublie), que je tente de dresser dans mon carnet, est une excellente professeure de sagesse : plus elle s'allonge, plus elle me rappelle à ma conscience, que chacun de mes meurtres secoue davantage. J'accepte volontiers qu'on me juge sévèrement, et qu'on décrète (en s'appuyant sur quels critères, je me le demande) qu'aucune âme ne palpite en réalité au fond de moi. Mais on se trompe, et on démontre avec un tel *a priori* une grande méconnaissance de la nature humaine, en laquelle à vrai dire tout se mélange et rien n'est jamais tout à fait bien délimité : le beau et le laid, l'amour et la haine, le bien et le mal.

Anonyme, 8 juin
(propos recueillis par lettre)

AVANT L'HIVER

Depuis trois jours, une intense activité régnait dans ma cour arrière. Du matin au soir, une bande d'écureuils hyperactifs allait et venait, concentrés au possible, visiblement affairés aux préparatifs en vue de la saison froide. Je les observais, à travers ma fenêtre dégoulinante de pluie, avec une sorte d'ennui mélancolique (les derniers jours de l'automne m'ont toujours un peu serré le cœur). Puis, le 20 octobre, la météo s'est enfin remise au beau et j'ai eu envie de prendre la route une dernière fois avant l'arrivée de la neige. Je roulais depuis une bonne demi-heure lorsqu'une odeur de noix grillées a commencé à remplir l'habitacle de l'auto. « Oh, oh, me suis-je dit, ce moteur ne tourne pas rond ! » Je me suis aussitôt garée sur le bord du chemin et me suis empressée d'aller ouvrir le capot. Surprise ! Au moins deux centaines de glands étaient entassées dans tous les recoins du moteur : sur la boîte du filtre à air, sur le couvercle de culasse, entre les câbles de bougies, sur la pompe à essence, sur la pompe à eau, sur l'alternateur, partout ! J'ai vite compris ce qui s'était passé : à l'évidence, les écureuils de ma cour, à la recherche d'un entrepôt pour l'hiver, avaient opté pour l'espace abrité du moteur de ma Toyota.

Laurence Barrington, 13 avril

FAUTE INTIME, MÉFAIT PUBLIC

Je vivais à cette époque dans la région autonome du Guangxi, en République populaire de Chine, et venais d'être fort cavalièrement abandonnée par mon amoureux. Ce dernier, en effet, avait rompu nos fiançailles à distance, par l'entremise d'un simple et bref message électronique. Cette insensibilité terrible m'avait blessée profondément. Prostrée, j'ai sangloté sans relâche durant les neuf jours suivants. Puis une idée m'est venue. « Maintenant, c'est toi qui vas pleurer », lui ai-je écrit à mon tour, sans plus de détails. Sitôt mon message envoyé, j'ai acheté en ligne une tonne d'*Allium cepa*, oignon réputé pour sa forte teneur en *alliinase*, puissant enzyme à l'origine de la réaction chimique enclenchant, lorsqu'on coupe ou endommage le bulbe, la production de larmes. Vers les quinze heures le lendemain, le livreur est arrivé au volant de son camion devant la porte de Kang Zhào Zhōu (c'est le nom de l'homme ingrat qui m'avait brisé le cœur) et y a déversé le contenu de la benne (une tonne d'*Allium cepa*). Puis il est reparti sans sonner, tel que je le lui avais ordonné. Dans le quartier, on s'est d'abord amusé de ce chargement inusité, répandu sous le porche de la maison. Mais une semaine plus tard les oignons se sont mis à éclater sous l'action des rayons solaires, puis à dégager leur gaz si volatil. Les pénibles effets sur les glandes lacrymales se sont fait sentir à un demi-kilomètre à la ronde. Les résidents des alentours ont tant pleuré (même la nuit dans leur sommeil) qu'à la fin ils se sont révoltés. Alerté, le gouvernement communiste a infligé à l'homme une punition exemplaire pour méfait public. Lui-même d'ailleurs a beaucoup pleuré sur le coup, mais plus encore lorsque, forcé de confectionner pour la communauté plus de cinq cents tartes aux oignons (soit suffisamment pour épuiser toute la cargaison livrée à sa porte), il s'est remémoré amèrement sa honteuse conduite envers moi.

Mei Fāng, 2 septembre

UNE EXPÉRIENCE TROUBLANTE

Je tiens à spécifier d'emblée que je suis doté d'un esprit pratique et que, en quelque soixante ans d'existence, je m'en suis toujours remis aux arguments logiques pour faire valoir mon point de vue. Je ne prétends pas que c'est la meilleure façon de voir et d'expliquer les choses : j'ai parfois souffert de cette sorte d'enfermement auquel mon raisonnement me condamnait plus ou moins, et j'ai eu le sentiment, en me cantonnant dans des schémas de pensée certes réalistes mais, somme toute, étroits, de me priver de perspectives intéressantes. Toujours est-il que j'ai vécu l'autre matin une expérience si troublante qu'elle me pousse, depuis, à revoir mon approche habituelle. Je relisais pour la millième fois ce passage saisissant dans *L'Étranger* (lorsque, au fond de sa prison, Meursault empoigne l'aumônier par le col et lui hurle sa rage pleine de joie désespérée). Soudainement, j'ai été irrépressiblement arraché de ma lecture par ce qui constitue peut-être mon plus vieux souvenir : ma mère qui me tend les bras, me sort de mon berceau et me prend contre son cœur. Cette vision, pour ainsi dire, n'aura duré que quelques instants. Mais son surgissement a laissé en moi une empreinte d'autant plus durable que, quelques heures plus tard, le téléphone a sonné et que, au bout du fil, une voix secouée par les pleurs m'apprenait que maman venait de mourir.

Guillaume Larocque, 12 juin

TREIZE

J'avais quitté deux semaines plus tôt le petit port de Criehaven (Maine), et comptais traverser l'océan en vingt jours. On était le 2 novembre, en pleine saison des alizés, dont le souffle me faisait avancer à la vitesse respectable de vingt nœuds. Réfugié dans la cabine, je sommeillais depuis une heure environ cette nuit-là lorsque *L'Hélianthe*, toutes voiles diminuées, a heurté un conteneur à la dérive (ces caissons perdus en mer, abandonnés ou échappés par les équipages, sont, paraît-il, des milliers à flotter ainsi au gré des courants de tous les océans du monde). L'impact, en réalité un long raclement, a entaillé sévèrement la coque par tribord avant. La mer s'est engouffrée par cette brèche dans une sorte de déferlement rageur. Le naufrage, déjà, était inéluctable : j'ai senti, très vite, le bateau s'incliner dangereusement puis sa proue commencer de s'enfoncer dans les eaux noires et glaciales de l'Atlantique. En moins de cinq minutes l'habitacle était inondé, et totalement inhabitable. Je me rappelle, juste avant de l'évacuer en catastrophe, avoir jeté un bref coup d'œil par le hublot avant et aperçu la lueur des feux de navigation, encore allumés, scintiller indistinctement au milieu des remous, puis lentement disparaître dans les profondeurs effrayantes de l'abîme. À ce moment, *L'Hélianthe* piquait carrément du nez, et son inclinaison atteignait un angle de quatre-vingts degrés. La suite était prévisible : le radeau de secours m'a sauvé, j'y ai vécu dix jours en me nourrissant de haricots en conserve et en buvant quotidiennement quelques millilitres d'une eau potable scrupuleusement rationnée. Le plus étonnant est ailleurs. Le 13 novembre à 13 heures précises, un vraquier transportant une importante cargaison de nanoparticules d'aluminium et baptisé *Le Treize* (numéro atomique de l'aluminium) m'a rescapé. À son bord se trouvaient douze hommes d'équipage et un chat. Le capitaine, très affable, après s'être personnellement assuré de ma bonne santé, m'a proposé de poursuivre ma route sur son bâtiment et de me déposer au port de Sundahöfn, à Reykjavik, distant de mille trois cents kilomètres. J'ai accepté, et donc passé le reste du voyage à me reposer dans la cabine spécialement apprêtée pour moi. Une petite plaque d'identification avec un numéro avait été fixée sur la porte. Son numéro : le 13.

Asher Sutherland, 11 août

VIRAL

Ma femme venait de mourir, et l'approche de mon soixante-dixième anniversaire me déprimait. La semaine précédant mon entrée officielle dans cette septième décennie a cependant été marquée par un événement si singulier, et en définitive si réjouissant, que le difficile passage que je traversais alors m'a paru soudainement moins douloureux. Tout s'est d'abord déroulé comme d'habitude : le mercredi, j'ai reçu les usuelles cartes de mes amies Dorothée et Louise. Ensuite le vent a tourné, la tempête s'est levée, et j'ai trouvé chaque jour dans la messagerie de mon téléphone des milliers de textos, provenant de partout dans le monde. Ce sont en tout quelque 250 000 de ces courts messages que j'ai reçus entre les 5 et 12 août. Puis ça s'est calmé, mon téléphone s'est tu, et les choses sont revenues à la normale. Le 15, mon fils est rentré de voyage et est venu me visiter. « Tu ne devineras jamais ce qui m'est arrivé la semaine dernière », lui ai-je annoncé d'emblée, tandis qu'il prenait déjà ses aises sur le canapé du salon. « Figure-toi que des *milliers* d'inconnus, certains vivant aussi loin que la Zambie ou que les îles Salomon, m'ont écrit pour me souhaiter un joyeux anniversaire. » Un sourire radieux a aussitôt illuminé ce visage qui ressemble tant à celui de ma femme. « J'espère que tu ne m'en voudras pas, m'a-t-il confié à son tour, mais c'est moi qui suis responsable de ce déferlement d'amour. À Paris, où j'ai passé les deux dernières semaines, j'ai loué un panneau publicitaire sur lequel j'ai fait écrire : *C'est l'anniversaire de papa. Envoyez-lui vos vœux.* Et je me suis évidemment assuré que ton numéro de téléphone y figure bien lisiblement. On dirait bien, ma foi, que l'affaire est devenue virale. »

Léo Saint-Germain, 23 avril

2019

COMMENT J'AI TUÉ LE PRÉSIDENT

J'avais vingt-huit ans lorsque le président Kennedy a été assassiné. J'étais sur place, à quelque distance du convoi, dans Elm Street, au moment de la tragédie. Je me souviens de Jackie, paniquée, un instant penchée sur son illustre mari après le second coup de feu, puis qui quitte soudainement la banquette et rampe à quatre pattes sur le coffre arrière de la Lincoln, dans l'espoir dément de rassembler les morceaux de cervelle dispersés par l'impact du projectile. Ces images atroces ont bien sûr traumatisé toute l'Amérique et une bonne partie du monde civilisé, mais je crois détenir une raison de plus d'être hanté par l'affaire. À l'époque, je travaillais à la petite usine d'instruments orthopédiques de mon oncle Marvin et venais, à sa demande, de faire breveter le HW-212, tout nouveau modèle de corset que j'avais conçu puis mis au point quelques mois plus tôt. C'était un truc dernier cri qui faisait la fierté de mon oncle justement parce que je n'avais pas lésiné sur la qualité des matériaux utilisés pour sa fabrication, ce qui lui conférait une grande solidité et un support lombaire à nul autre pareil. Depuis l'obtention du brevet, les commandes affluaient et la production en usine allait bon train. En tout cas, les vertus de mon corset avaient dû être vantées au président, parce que, souffrant de douleurs dorsales, c'est précisément celui-là qu'il avait choisi de porter le jour de l'attentat. Or, l'autopsie a bien montré que le HW-212 avait vraisemblablement contribué à la mort de John Fitzgerald Kennedy, puisqu'il l'avait, même après le premier coup de fusil, fermement maintenu en position assise, ce qui en a fait une cible facile pour le tireur. J'ai quatre-vingt-quatre ans aujourd'hui. Quoi qu'on dise et quoi qu'on fasse, j'aurai jusqu'à la fin ce sentiment que, lorsqu'il a confirmé le décès sur CBS à 12 h 48, c'est sur moi que ce vieux Walter Cronkite dirigeait son regard plein de tristesse et de reproches.

Marcus Espinoza, 21 mars

SOUVERAINETÉ DE LA MATIÈRE

Il existe en général deux sortes de sculpteurs : ceux qui s'inspirent de la forme originelle du bloc, de laquelle ils font émerger une figure imaginée. Et il y a ceux qui taillent la pierre en fonction d'un modèle préétabli, qui forcent la matière, si j'ose m'exprimer ainsi, à s'ajuster à leur pensée (et non l'inverse). Je me suis toujours fait un devoir de me placer aux côtés de ces derniers : le travail de l'artiste est de soumettre le matériau à son esprit. Mais voici ce qui est arrivé il y a un an environ. *J'avançais dans la pierre*, comme on dit. J'étais confiant de voir apparaître bientôt cette grande attitude immobile imaginée pour le guerrier qui, sous les caresses de ma gradine, se dégageait peu à peu du monolithe. Puis il y a eu ce moment où la roche a commencé à *me désobéir*, si cette image a un sens pour vous. À moins que ça ne soit ma propre pensée, et mes propres mains, qui se soient mises à contester mes ordres. À la fin en tout cas, et à force d'innombrables coups de ciseau, de burin, de gouge puis de râpe et de rifloir, l'homme armé que j'avais prévu au départ avait été sacrifié au profit d'un petit enfant accroupi et comme recueilli, tout entier absorbé dans son observation minutieuse de quelque insecte.

Charles Khachaturian, 22 novembre

SOUVENIR ÉMU

Le sud-ouest de l'île de Madagascar, situé comme on dit chez nous à distance de marche du tropique du Capricorne, est bon an mal an chauffé par 3 600 heures d'ensoleillement. Il pleut rarement là-bas, et le *tsiokantimo* (le vent du sud), lorsqu'il balaye le pays de mai à septembre, contribue largement à assécher l'air humide venu de l'océan. Ma femme et moi habitions depuis toujours, dans une petite maison à l'ombre de quelques palmiers ondoyants, cette région subdésertique. Nos voisines les plus proches étaient les *Astrochelys radiata*, paisibles tortues terrestres végétariennes dont l'habitat naturel jouxtait le nôtre. Par une chaude nuit du mois d'août 2003, ma femme, qui était un instant sortie du lit pour un peu prendre l'air au jardin, a eu la surprise de découvrir une centaine de ces tortues achevant de dévorer notre plantation d'orchidées, si patiemment entretenue par nous depuis quarante années. Cette hécatombe nous a fait verser beaucoup de larmes de rage et de tristesse. Qu'importe : trois jours plus tard, nous nous retroussions les manches et établissions les bases d'une nouvelle plantation. D'importants efforts ont d'abord été consacrés, cette fois, à l'installation d'une clôture ceinturant le jardin. Mais il faut le dire : rien n'arrête une *Astrochelys* bien décidée. Nous étions désormais chaque nuit envahis par des dizaines de tortues qui, après avoir habilement creusé sous la clôture, erraient dans le jardin à la recherche de nourriture. L'habitude était prise, et plus rien ne pouvait les en détourner. Comment, dans de telles conditions, envisager la culture d'une nouvelle génération de fleurs ? « Laissons donc ces animaux vivre à leur gré », a sagement suggéré ma femme. Alors la clôture a été démantelée. Pendant les dix années suivantes nous avons vu chaque soir le long alignement de tortues aboutir chez nous, flâner durant quelques heures autour de la maison, puis s'en retourner. Le jardin, nu dorénavant, ne constituait pourtant pas pour elles un garde-manger intéressant. Aucune sorte de nourriture n'était par ailleurs laissée à leur portée, ni par ma femme ni par moi-même. Nous finissions par croire que les tortues ne nous visitaient que parce qu'elles aimaient notre compagnie. Qui sait ? Peut-être se souvenaient-elles avec une sorte de reconnaissance émue du repas gargantuesque que nous leur avions fourni, une certaine nuit du mois d'août 2003.

Mahaleo Ingahimatoabe, 13 juin

UN COURAGE SIMPLE

« Par décret du président de la République, la mobilisation des armées de terre et de mer est ordonnée, ainsi que la réquisition des animaux, voitures et harnais nécessaires au complément de ces armes. » C'est par ces mots, solennellement imprimés sur des dizaines d'affiches placardées sur tous les murs de la ville, que mon grand-père a appris qu'il était appelé sous les drapeaux. Le 30 août 1914, il a pris le train pour Chartres et a rejoint quelque vingt heures plus tard le 130e Régiment d'infanterie, auquel il avait été affecté. Il a ensuite combattu héroïquement dans les tranchées pendant une année complète (pour dire simplement des choses fort compliquées). Puis, le 16 septembre 1915, au cours de la Troisième offensive d'Artois, un obus allemand s'est abattu à quelques mètres de lui et mon grand-père est mort pour la France, comme on dit. Il avait vingt-trois ans. Ça en a le vernis, mais ça n'est pas vraiment une histoire de guerre. C'est l'histoire d'un jeune homme comme il en existe tant, qui avait souhaité jouer un rôle d'importance dans l'Histoire. Lorsque je vais me recueillir sur sa tombe, là-bas, au carré militaire du cimetière de Nœux-les-Mines (Pas-de-Calais), j'aime croire que, du fond de l'au-delà, il peut encore apercevoir la Terre et les hommes. Et qu'à distance il continuera de me transmettre, lorsque nécessaire, au moins un peu de son courage simple, dénué d'esbroufe.

Fabien Bergounioux, 26 septembre

L’HÉROÏSME

Une série de revers, dus en partie au hasard, mais surtout à mon incurable propension à l’autodestruction, m’avait mené au fond du gouffre. Je vivais à présent dans la rue, dépourvu de tout, obtenant tant bien que mal en les mendiant les quelques dollars nécessaires à mon unique repas quotidien (et aux deux litres de mauvais vin qui achevaient chaque jour de me démolir le foie). Les nuits d’hiver étaient les plus dures. Dormir à même le ciment des trottoirs, emmitouflé de multiples couches de vêtements sales, usés à la corde et malodorants n’est pas seulement atrocement inconfortable : c’est l’une des expériences humaines les plus humiliantes qui soient. Ne vous attendez pas à une description plus détaillée de ma misérable vie d’alors, et des pauvres moyens que, bien maladroitement, je prenais pour y échapper. Le vol, la prostitution, la tricherie sous toutes ses formes n’ont jamais brillé au firmament des héros. Et pourtant : je m’en suis sorti, j’ai mis derrière moi ces années d’enfer. Et laissez-moi vous dire une chose : c’est héroïque.

Olivier Kirouac-Marquis, 6 août

UNE VIE SANS TRISTESSE

Tout était en place pour une catastrophe : le petit corps manquait d'oxygène, le cordon ombilical, mal positionné, subissait une inquiétante compression, et un important épanchement sanguin entre la paroi de l'utérus et le placenta (hématome rétroplacentaire) mettait en péril la vie même du bébé. À ce risque alarmant s'ajoutait pour lui une insoutenable douleur, très détectable sur les tracés de fréquences cardiaques. Les choses ce jour-là ont fini tant bien que mal par s'arranger, mais une voie venait d'être ouverte : les effets antagonistes de cette souffrance se seront prolongés pour ma fille durant près de trente ans. Le traumatisme de sa naissance si malmenée aura en effet ensemencé en elle une insistante disposition pour le bonheur, et développé dans ce caractère sensible une espèce d'aversion maniaque pour le chagrin, le cafard, la fatigue morale. Mes yeux de mère peuvent me tromper, bien sûr, mais je ne crois pas que, durant toutes ces années, Sarah ait connu une seule journée de tristesse. J'aurai beaucoup appris à ses côtés, mais pas suffisamment pour me consoler de sa mort prématurée. Et cependant je veux croire que cette existence, achevée dans la plus touchante douceur, avait épuisé d'un seul coup, dès son arrivée dans le monde, les réserves de son aptitude à la souffrance.

Florence Chevalier-Marcotte, 27 juillet

JE N'AI QUE MON CORPS

Allah est grand, et je le remercie chaque jour de m'avoir désigné pour être parmi les survivants de la tuerie de masse survenue il y a deux ans à la mosquée. Mais la mort prématurée de mes amis et frères de prière m'a plongé dans un tel chagrin, et a voilé mes yeux dans un tel afflux de larmes, que j'en ai perdu de vue mon âme. En moi un grand vide l'a remplacée, et pas un jour ne se passe sans que je me demande où s'en est allée cette indispensable compagne. Sans doute auprès de *Rabb al samawati wa al ard*, le Seigneur des Cieux et de la Terre. Cette pensée, en elle-même apaisante, devrait me suffire. Seulement, on ne peut pas vivre sur la Terre dans un corps dépouillé de son âme. Je vais, je viens, je vaque de mon mieux à mes devoirs d'époux, de croyant, de travailleur et de citoyen. Rien n'y fait : je n'ai que mon corps, auquel il manque désormais sa moitié. Comment retrouver cette moitié perdue, et restaurer ce qui a été si épouvantablement éprouvé ? Là-dessus, le Coran est formel : il faut apprendre à pardonner. Pour l'instant (et pour combien de temps encore ?), j'en suis incapable. Dans ma tête, l'image déroutante d'un homme tirant à bout portant sur les fidèles rassemblés, et le bruit, effarant, des corps qui un à un s'effondrent sur le plancher de la mosquée, me terrorisent, et je ne suis pas sûr de reconquérir un jour mon état d'esprit d'autrefois, celui d'avant cette vague de violence, de racisme et de détestation qui est venue se fracasser contre ma vie.

Ayman Sharabi, 7 février

UN HOMME SOUS SURVEILLANCE

Je m'appelle Gabriel Masson, je suis à la retraite et je vis seul avec un chien venu un jour je ne sais pourquoi gratter à ma porte. On entend souvent de ces histoires de chiens abandonnés, errant dans les rues sans buts et sans intentions particulières, sinon que de trouver dans l'une ou l'autre poubelle leur prochain repas. Mon visiteur n'était ni affamé, ni blessé, ni spécialement en mal d'affection lorsqu'il s'est présenté chez moi. Simplement, et sans même que je l'y invite, il est entré dans la maison, a fait le tour des pièces en reniflant les meubles, puis s'est installé au salon avant de sombrer, là, sur la moquette, dans un profond sommeil. Il venait de décider que, désormais, il allait habiter ici. Les semaines ont passé. Je lui servais dans un bol, à heures fixes, des repas constitués de morceaux de viande et d'un peu de légumes cuits à l'eau. Le matin, je l'emmenais durant une heure marcher dans le voisinage, question de ne pas laisser s'ankyloser ces longues pattes robustes. Nous écoutions ensemble, le soir, mes émissions de télévision favorites. Sinon, pendant mes fréquents moments de lecture, il s'adonnait de son côté à ce qui me paraissait être son activité de prédilection : le sommeil. Il semblait tout à fait s'accommoder de ce régime de vie. Je réfléchissais tout haut : « D'où viens-tu ? lui demandais-je. Et que vais-je faire de toi ? » Ses yeux surmontés de longs sourcils me scrutaient. Je me sentais jugé par ce regard étrangement perçant mais dépourvu de toute sévérité. Et je croyais y lire ces mots : « Je t'ai choisi. Ne va pas me décevoir. »

Gabriel Masson, 6 mai

UN MAL INCURABLE

Il devait être dans les cinq heures du matin. Chaudement vêtus et chaussés de nos bottes imperméabilisées, nous avancions en silence dans le marais, à l'affût du premier envol de canards de la journée. Le chien, un épagneul médiocrement formé à ce genre de battue, nous précédait de quelques pas, les sens en alerte, mais manifestement peu enclin à suivre leurs directives. Mon frère et moi en étions nous aussi à notre première partie de chasse, et ne comptions donc pas plus d'expérience que notre pauvre compagnon. Un chien novice et notre incompétence: tels étaient nos guides ce matin-là. À un moment notre progression est devenue plus difficile parce que le terrain, soudainement très fangeux, a alourdi notre marche. Le chien, embourbé dans la vase, s'y enfonçait de plus en plus dangereusement. J'ai voulu lui venir en aide. L'une des pires fautes pour un chasseur, et la première de ses imprudences, est de laisser son doigt sur la queue de détente de son arme lorsqu'il détourne son attention de celle-ci. Tout s'est ensuite passé très vite. Je me suis à mon tour enlisé dans la boue, j'ai trébuché, le coup est parti, et mon frère a reçu le projectile en plein cœur.

Je ne crois pas pouvoir un jour me pardonner cette erreur fatale. Je vis avec elle, comme on vit avec une difformité incommodante, ou un mal incurable.

Martin Dufour, 3 septembre
(propos recueillis par lettre)

CONDAMNÉ

J'avais seize ans et n'étais ni un modèle de fiabilité ni de prudence. J'ai profité un jour de ce que mes parents étaient installés dans un *Boeing* à trente mille pieds au-dessus de l'Atlantique, en route pour l'Europe, pour chiper les clés de la voiture familiale et aller faire un tour. Je me disais, avec l'insouciance qui me caractérisait, que d'avaler durant une petite heure quelques kilomètres sur l'autoroute au volant de la Buick ne devait pas être plus difficile que de diriger mon scooter dans les rues de Phoenix. L'inexpérience, le fait que je ne possédais aucun des papiers requis, le danger potentiel que représentait mon inaptitude ne troublaient nullement ma conscience. Stimulé par l'interdit, égayé par la perspective de manœuvrer moi-même, pour la première fois, un véhicule imposant, j'ai inséré la clé dans le contact, rincé bruyamment le moteur puis me suis engagé dans l'allée pour ma petite promenade. Le désastre n'a pas tardé. Au moment où j'ai quitté (à plus de cent miles à l'heure) la bretelle pour m'engager sur l'Interstate 17 en direction de Flagstaff, le semi-remorque que j'avais cru pouvoir devancer a violemment embouti la Buick. Cinq secondes plus tard, et dans un indescriptible fracas de métal tordu et de verre brisé, l'immobilisation soudaine des deux véhicules provoquait, à cette heure de grande affluence, un extraordinaire carambolage. Quatre personnes sont mortes dans l'accident, et d'innombrables autres ont subi des blessures parfois graves. La lourde peine que m'a imposée à l'époque la justice américaine, et dont j'ai purgé chaque seconde, est en vérité peu de chose. Mes vraies chaînes, ce sont les ineffaçables regards de haine que m'ont lancés, au tribunal, tous ces gens qui par ma faute ont été si cruellement éprouvés. Et j'ai beau aujourd'hui encore tenter de fuir le souvenir de ces regards (en venant par exemple m'établir ici, dans votre pays), rien n'y fait : je suis, à mes propres yeux, condamné à perpétuité.

Adam Frey, 27 août

MA GRANDE VIEILLESSE

Me voilà décidément bien enfoncée dans la vieillesse, à présent. Je l'ai compris après les funérailles de Laura lorsque, de retour à la maison, j'ai ouvert le petit carnet bleu dans lequel figurent tous les numéros de téléphone de mes amis. J'y ai rayé le nom de ma vieille complice, le dernier d'une longue liste peu à peu rognée par les années. Cette fois ça y est, tous ceux que j'ai aimés, et pour lesquels sans doute aussi j'ai compté, sont disparus. Certains de mes jours, c'est vrai, sont désormais assourdissants de silence. Mais la vérité, comme souvent, est plus complexe, et moins effrayante qu'on le dit. La solitude du dernier âge n'est assurément pas la meilleure chose qui puisse vous arriver. Seulement, je découvre qu'à maints égards, être très vieille n'est pas la catastrophe dont on m'avait parlé. Pourquoi les gens ont-ils si peur de vieillir ? Vous vous sentez plus mature, vous saisissez mentalement beaucoup de choses autrefois inatteignables. Vous êtes moins agitée, plus à l'affût de la grande énigme de la Vie. Ce matin, par exemple, en contemplant les fleurs délicates de l'amélanchier, j'ai eu le réflexe de prendre le téléphone pour appeler Laura. Ça n'a duré que l'espace d'une seconde, mais c'était comme si, durant ce bref intervalle de temps, mon amie était encore mystérieusement vivante. Avant ça, je ne savais pas que nos morts, en réalité, continuent de vieillir avec nous. Oui, pourquoi craindre la grande vieillesse ? Vous échangeriez tout ça, cette nouvelle compréhension du monde, ce calme devant l'inconnu, cette impression sourde de vous approcher de quelque chose d'incommensurable, vous échangeriez tout ça pour une peau plus douce, une allure plus rapide, une force physique encore intacte ? Pas moi.

Donna Pruvot, 30 août

PRIEZ POUR NOUS

Nous avons au fil des ans ma femme et moi mis au monde, éduqué puis amené à l'âge adulte onze enfants. Vers la fin la vieillesse est venue, et avec elle l'inévitable déclin, la maladie, le désœuvrement. Nous avons vendu la demeure familiale dans laquelle s'est passée presque toute notre vie, puis nous sommes venus vivre non loin d'ici, dans cette maison de retraite que vous apercevez à l'angle de la rue. Une grande solitude a depuis envahi nos cœurs. Quelques bénévoles nous visitent parfois, nous apportent de petites gâteries (chocolats quelconques, livres inintéressants, bijoux sans valeur), puis s'en retournent à leurs affaires pressantes. Nous reprenons alors le cours de notre rêverie morose. Nous observons, le soir, le soleil lentement descendre sur le parc. Nous revoyons en pensée les nombreux amis que nous avons connus et aimés, mais qui depuis un moment déjà se sont absentés dans la mort. Quant à nos onze rejetons, nous n'en avons pour ainsi dire aucune nouvelle. Il y a trois semaines, ma femme, dont la santé reste fragile, est tombée assez gravement malade. Je fais de mon mieux pour assurer son confort et prolonger la tranquillité relative de son esprit. Mais je crains qu'elle ne survive pas à ce nouvel assaut de l'âge. Je ne vous dis pas tout ça pour me plaindre. C'est dans l'ordre des choses : la vie est décevante. Je ne vous demande que ceci : priez pour nous.

Placide Bouchard, 17 avril

LA MUSIQUE

N'avez-vous pas ce sentiment, parfois, que le présent *n'existe pas* ? Que chaque instant de votre existence est en train soit de glisser vers le passé, soit de s'envoler vers l'avenir ? J'aurai tenté de bien des manières de lutter contre cette impression vertigineuse. L'absorption dans la musique demeure encore à présent pour moi le moyen le plus sûr d'y parvenir. Pourquoi sommes-nous émus en écoutant une suite de notes ? Personne ne le comprend. J'en arrive à me dire que ce langage mystérieux est peut-être la forme que prend le présent pour se rendre enfin perceptible à la sensibilité humaine. La vieillesse et la maladie me forceront d'ici quelques mois à quitter cette vie que j'ai voulue honorable sinon aux yeux de mes semblables, du moins dans le regard de Dieu. Quand je me présenterai devant lui et qu'il me demandera comment j'ai occupé mon séjour sur la Terre, je répondrai que j'ai essayé de mon mieux de capturer cet *esprit* presque insaisissable dissimulé dans l'intervalle séparant le passé et l'avenir, et qui, je le crois, est le siège de toute musique.

Jean Cordier, 23 février

LA PEAU DE ZHARA

Reverrai-je jamais le soleil miroiter sur le fleuve Nakambé, les grands oiseaux se poser sur les corniches escarpées du mont Tenakourou ? Surtout, reverrai-je un jour le beau visage de Zhara ? Je ne compte pas trop là-dessus. Le nom est poétique, mais la maladie est terrible : la cécité des rivières (ou onchocercose), dont la mouche vectrice vit principalement à proximité des cours d'eau à faible débit, affecte presque trente-sept millions de personnes en Afrique. Le Burkina Faso, sillonné de ruisseaux, de petits affluents et de canaux indolents, constitue pour ainsi dire le terreau idéal pour la transmission de ce mal qui, en me retirant l'usage de mes yeux, m'a plongé il y a cinq ans dans la nuit la plus complète. Mais peut-être justement parce que l'éclairage me manque désormais, je me tourne depuis vers de plus obscures lueurs. Reverrai-je un jour la robe de Zhara glisser sur sa douce peau noire ? Les ténèbres qui m'environnent m'offrent mieux : ce que j'y aperçois, si j'ose dire, c'est tout l'être de Zhara, sa matière élevée à la puissance d'un idéal, le noir devenu nuit étoilée.

Oumarou Tassembedo, 9 mars
(propos recueillis par lettre)

REGARDER AU LOIN

J'aurai quarante-sept ans le mois prochain et je n'ai jamais vu les choses en trois dimensions. Quelle est la profondeur de ce banc, l'épaisseur de ce livre ? À quelle distance se trouve cet immeuble ? Ces questions-là pour moi n'ont pas de sens, parce que je ne sais pas ce qu'on entend par *profondeur*, *épaisseur*, *distance*. J'entends chaque jour prononcer ces mots. J'en connais théoriquement la signification, mais, dans mon cerveau, il n'y a pas de réalité qui leur corresponde. Je vis, me déplace, travaille, parle et écoute, aime, souffre, m'alimente, dors et rêve dans un univers plat, à deux dimensions. Ce trouble (vision monoculaire causée par l'incapacité des deux yeux à combiner et comparer leurs perceptions respectives) n'exerce pas son emprise sur la vision seulement. Il force aussi mon âme, cet œil intérieur, à observer différemment le monde. Voilà sans l'ombre d'un doute ce qui explique le fait que je cherche sans relâche à donner un sens, une raison d'être, (une profondeur, justement) à ma vie, à cette expérience prodigieuse que constitue le fait d'être doté d'un corps et d'une conscience. Ça n'a d'ailleurs rien de bien étonnant : une vieille blessure vous empêche d'utiliser votre bras gauche comme vous le souhaiteriez ? Le bras droit compensera ce handicap, et, à la longue, accroîtra sa musculature en conséquence. Comprenez-moi bien : le fait de favoriser le développement d'une sorte de musculature de l'âme ne m'élève nullement au-dessus de mes semblables. Je ne suis devenu en quarante-sept ans ni sage, ni savant, ni plus perspicace que la moyenne des gens, ni plus doué qu'un autre pour vivre. Ce n'est que ma façon de regarder au loin.

Nesly François, 18 mai

CE QUI ME HANTE ET M'ÉMERVEILLE

Entre le 3 avril 2014 et le 16 juin 2018 je n'ai rien dit, rien vu, rien entendu, rien ressenti, rien vécu. Puis j'ai émergé du coma, et j'ai repris contact avec la réalité. Ce qui me frappait, c'était combien les objets, les visages, les arbres et la vie elle-même prenaient du temps à *reprendre leur forme initiale*, pour ainsi dire, celle d'avant le grand sommeil où je venais d'être plongé. Je pensais : « On jurerait que le monde a été, pendant un moment, vidé de son armature, ou de son essence. » Cette perception s'était imposée à moi à l'instant où, au terme de certains exercices rendus nécessaires par mes années de silence, j'avais enfin recouvré l'usage de la parole et recommencé à désigner les choses. Je me souvenais des mots de ma mère, qui, avant même mon entrée à l'école, m'avait appris à lire et sans cesse encouragé à enrichir mon vocabulaire. « Quand tu sauras bien trouver les mots qu'il faut, et nommer ce qui t'entoure, ce qui te hante, te submerge ou t'émerveille, me répétait-elle, alors le monde se mettra à exister vraiment. » Ce que ça pouvait bien signifier, je me le suis demandé toute ma vie. Mais je commence à mesurer, à présent que je puis mettre mon expérience en perspective, toute la clairvoyance des paroles de maman. Les mots sont le corps du temps. Sans eux, nous flotterions dans une espèce de néant qui n'est peut-être pas la mort, mais son antichambre.

Francis Boulay, 27 février

LE MÉTIER D'ÉCRIVAIN

Je rêvais d'être écrivain. Mais comment raconter une histoire crédible et qui tienne debout ? Je n'en savais rien. Chaque jour, je noircissais des pages entières de récits sans queue ni tête, dont mes quelques rares lecteurs (des amis généreux, peut-être aussi un peu masochistes, qui se portaient volontaires et acceptaient de souffrir pendant quelques heures) sortaient à la fin extrêmement perplexes. Surtout, rien dans mes écrits si maladroits n'avait cet accent de vérité que je souhaitais leur donner, et toutes mes phrases sonnaient affreusement creux. Il me semblait que ma main n'obéissait pas à mon esprit, que mes idées, une fois mises au monde par l'imagination, refusaient de prendre forme sur le papier. Je désespérais de publier un jour, enfin, le livre auquel je songeais cependant avec un inextinguible espoir. Au comble de l'abattement, je me suis donc rendu chez un vieil écrivain fort expérimenté pour tenter d'obtenir de sa part un ou deux conseils. « Comment traduire sur la page, lui ai-je demandé, la vérité de ces pensées qui m'habitent et qui m'obsèdent ? » Il s'est appuyé un moment au dossier de son fauteuil, a bourré sa pipe, l'a allumée, puis, dans un nuage de fumée bleutée, m'a dit ceci : « La littérature n'est pas une affaire de vérité. La vérité elle-même, d'ailleurs, n'est jamais *littéraire*. Je vais dire les choses simplement, et sans doute bêtement : la réussite d'un livre repose sur le choix des mots, et sur leur agencement dans la phrase. Pour un écrivain, il s'agit toujours de mentir avec discernement, rythme et euphonie. Allez directement au but, et allez-y en frappant un tambour et en scandant des slogans. Écrivez comme si vous chantiez un hymne national. Mais voici mon conseil le plus précieux : les trois quarts du temps, taisez-vous. Laissez les mots décider. »

Maxwell Bérubé, 26 octobre

QUELQUES RANGÉES DE RADIS SUPPLÉMENTAIRES

Il y a une semaine, pour marquer le jour anniversaire de la mort de mon mari, j'ai décidé d'ajouter au potager quelques rangs de radis. Le soleil se levait à peine lorsque j'ai enfilé mes bottes et que j'ai commencé à labourer le carré de terre prévu sur mon plan. Le radis redoutant la proximité de certains de ses semblables (courges, concombres), j'ai veillé à lui assurer la présence de bons voisins. La compagnie bienveillante des plants de tomates, et l'ombre clairsemée qu'ils déverseront sur mes nouveaux venus, leur garantira une croissance paisible, à l'abri des maladies et des insectes ravageurs. Puisque Federico était au cœur de ce projet horticole, j'ai tenu à semer la variété au goût le plus fin. Celle si joliment baptisée *Rose de Pâques*, aux racines sphériques rose vif contrastant avec un étincelant collet blanc, à la saveur complexe de poivre, de citron et de fenouil, symbolise à merveille cet esprit imaginatif auquel je me suis appuyée durant plus de trois décennies. J'arrosais délicatement mes graines enfouies sous leur couche de terreau, de compost et de sable lorsque le chien, qui depuis le début m'observait aller et venir, a dressé l'oreille. De la forêt venait à petits pas mesurés un lièvre étonnamment peu farouche. Puis il s'est établi à quelques pas de nous. Le chien, pressentant sans doute le caractère solennel de l'affaire, restait d'un calme remarquable. Cinq minutes ont passé, au cours desquelles le petit badaud a paru s'absorber dans l'étude de ma personne. Puis, apparemment satisfait de son inspection, il a tourné les talons et s'en est retourné parmi les arbres. Je me suis amusée un instant de cette intrusion si étrange, puis je suis passée à autre chose. Quelques jours ont suffi pour que percent les premières tiges de mes Roses de Pâques. Je viens matin et soir m'assurer que les puces de terre, les mouches et le mildiou les laissent tranquilles. Puis je repense à mon lièvre. Je me mens plaisamment à moi-même en me disant que, possiblement, l'esprit de Federico s'est un instant intégré à ce corps muni de longues oreilles. Qu'il s'est approché afin d'écouter d'un autre point de vue, et peut-être d'apaiser, le battement de mon cœur inconsolé.

Frida Culpo, 6 juillet

COMME UNE BETTERAVE

Mon grand-père venait d'atteindre ses soixante-dix-huit ans lorsque, se levant un matin, il a annoncé à ma grand-mère: « C'est décidé, je construis une maison ! » Mais ce cultivateur malheureux qui rêvait d'exercer le métier de charpentier avait achevé, déjà, beaucoup de constructions (une grange, un hangar, un poulailler, une porcherie, une niche pour le chien, un silo, d'innombrables remises, une véranda, et même une petite église pouvant accueillir une vingtaine de fidèles), qui toutes s'étaient rapidement effondrées. Ce que je veux dire, c'est que ses aspirations ne concordaient pas avec ses talents. Il avait espéré couper des planches et des madriers, planter des clous, assembler des structures complexes. Seulement, il ne possédait d'habileté que pour la culture des légumes racines, ce qui, si on y songe bien, était l'exact contraire de ce qu'il souhaitait: il voulait édifier des choses, voir s'élever au-dessus du sol les bâtiments créés de ses mains, mais tout ce qu'il parvenait à mener à bien progressait à l'inverse *sous* la terre (patates, betteraves, navets, choux-raves, radis, carottes). Mon cœur se brise rien que d'y repenser, mais grand-papa est mort quelque temps après son annonce, et la maison projetée n'a jamais été construite. J'ai beaucoup réfléchi à tout ça. Et je crois volontiers aujourd'hui que l'espèce d'élévation dont cet homme discret, modeste et profondément croyant a rêvé toute sa vie n'a en réalité nullement été empêchée, mais qu'elle s'est développée de façon souterraine, plus modeste justement, dissimulée aux yeux des gens (et peut-être même sans qu'il le sache lui-même), comme une betterave élabore sa substance dans la plus haute discrétion, à l'abri de la lumière et des regards.

Christian Vadnais, 25 mai

L'AMOUR VOLÉ

Ce ne sont que de petits vols furtifs, des larcins: je subtilise des fruits sur les étals, des crayons dans les magasins, des ustensiles chez mes hôtes, des clés, des livres, des papiers (factures, listes d'épicerie, livrets d'instructions, etc.), une multitude d'objets banals et faciles à me fourrer dans les poches. Ça n'est ni leur valeur économique (peu élevée) ni le réel besoin de ces objets qui me poussent à me les approprier ainsi. L'impulsion qui me tient à sa merci trouve ailleurs sa raison d'être. Les effractions de domiciles, les vols qualifiés, les braquages, les pillages, sont le fait d'individus montrant une structure de personnalité antisociale ou un profil de délinquance. Ma kleptomanie ne découle pas de cette volonté de faire du mal: elle s'explique par un malaise intérieur, un vide, que je tente de combler par l'accumulation de choses (de *récompenses*) fournies par autrui comme autant de marques de réconfort, de chaleur humaine, ou même d'amour. Vingt-cinq années d'un insoutenable sentiment de détresse mêlée de culpabilité, aggravé à la longue par une impression d'aliénation, n'auront rien changé à ma quête. Et tant que le visage de cette femme se détournera de mon visage, que ses bras se refermeront sur un autre que moi, que son cœur palpitera pour un autre cœur que le mien, tant que je sentirai la brûlure de tout ça, je m'efforcerai, peu importe les pauvres moyens mis à ma disposition par ma nature, de compenser cet amour que la vie m'a volé.

Mathieu Sauvé-Nguyen, 21 janvier

PAUVRE TENTATIVE

Quand j'avais dix ans, je suis grimpé aux branches du tilleul qui trônait au centre de notre cour et j'ai chipé les trois petits œufs bleu vert contenus dans le nid d'un merle. J'entends d'ici les moralisateurs se scandaliser, et juger un peu hâtivement le geste d'un enfant qui ne savait pas encore bien réfléchir. Mais la morale ne joue pas de rôle dans la petite histoire que je veux raconter aujourd'hui : mon seul objectif est de porter à l'attention de quelques-uns l'une des plus affligeantes conditions de l'enfance. Mon intention était de mener artificiellement à terme l'incubation, puis d'apprivoiser les oiseaux qui allaient naître ainsi, sous la chaleur de ma lampe. J'ai passé l'essentiel des deux semaines suivantes réfugié dans ma chambre avec mon butin, attendant avec impatience l'éclosion des œufs. Chaque jour, dès l'aube, la mère encolérée est venue à répétition taper à ma fenêtre avec son bec et me houspiller vertement. Oh, mais je résistais à ses demandes de libération, et, penché sur le cendrier qui servait de nid à mes merles en devenir, je guettais avec une sorte de fébrilité fascinée les premiers fendillements. Ce jour est venu, et, en moins d'une heure, sous les débris de coquilles sont sortis trois oisillons humides, aveugles et extraordinairement fragiles. Ma complète méconnaissance en matière de soins animaliers a rapidement conduit mes trois protégés à la mort. Ma pauvre tentative avait échoué, et la mère, résignée peut-être, ou terrassée par le désespoir, n'est plus revenue à ma fenêtre. J'étais moi-même assez démoralisé. M'extirpant ce soir-là de ma chambre, je suis allé trouver mes parents au salon et leur ai demandé : « Quand donc vous déciderez-vous à faire un autre enfant et à me sortir de cette intolérable et sempiternelle solitude ? »

Félix Maheu-Guérin, 9 octobre

UN CARACTÈRE BOUILLANT

J'ai passé trente ans de ma vie à me cacher de la police. Au mois de février 1990, à la suite d'une discussion un peu vive dans un bar, j'ai été impliqué dans une bagarre. Eh, oh, je ne m'en cache pas : j'ai le caractère bouillant, et il m'arrive de chercher à convaincre mes interlocuteurs avec mes poings. Mais là n'est pas la question. Après avoir assommé ce type en 1990, j'ai paniqué et pris la fuite. Il faut me comprendre : si la police m'épinglait et effectuait ses vérifications habituelles, je risquais la prison. Mon passé de petite canaille commençait en effet à peser lourd dans les archives du système de justice, sans compter que je roulais à l'époque dans mon pick-up sans permis de conduire, conservais sous les sièges et dans le coffre arrière une quantité appréciable de cocaïne et traînais pas mal de mauvaises dettes. Bon, avais-je anéanti le gars en question en me bagarrant avec lui, allais-je être accusé pour une affaire criminelle, je n'en savais rien. Mais disons que j'ai agi avec prudence, et c'est pourquoi j'ai pris mes jambes à mon cou. Trente années ont passé durant lesquelles j'ai travaillé sous un tas de fausses identités dans les mines, puis sur les cargos, dans les dépotoirs, les égouts, tout un tas de sales boulots éreintants et mal payés. Mes parents sont morts durant ma cavale, ensuite ç'a été le tour de ma sœur. Je ne me faisais pas d'amis, parce que je craignais toujours d'être démasqué. Finalement, cette existence minable de fuyard sans attaches et sans but a eu raison de ma détermination, et, le 10 mars 2019, j'ai décidé de me rendre à la police. Et quand, là-bas, les agents m'ont affirmé que mon (vrai) nom ne figurait pas sur la liste des personnes recherchées, eh bien, j'ai fondu en larmes.

Boris Kalinine, 13 décembre

UNE BONNE RECOMMANDATION

Le jour de mon mariage, un vent d'une force inouïe s'est levé dans les collines, s'est déplacé en trombe vers le village et a emporté le toit de la mairie. C'était à l'instant précis où, conformément à la formule établie, ma future épouse s'apprêtait à dire « Oui, je le veux ». Je ne suis pas superstitieux, mais la soudaineté et l'apparente synchronicité de la chose m'ont paru si incroyablement prédéterminées que j'ai tout de suite été tenté d'interpréter ce phénomène comme une mise en garde. J'ai profité de la fuite affolée, bruyante et très désorganisée de la foule présente à la cérémonie pour moi-même décamper et aller me réfugier, seul, dans la grange de monsieur le maire. L'air à présent n'était plus troublé par le moindre souffle, et à distance me parvenaient les cris de frayeur des derniers invités en débandade. Je me suis alors souvenu des paroles de mon père : « Au fou et au vent il faut livrer passage. » J'ai appliqué cette recommandation si sage, et rompu le soir même avec ma bien-aimée. Je ne m'en suis jamais autant réjoui que lorsque j'ai appris par les journaux que cette femme, quasiment épousée par moi un jour de grand vent, avait plus tard assassiné son nouveau fiancé dans un accès de jalousie.

Izak Rodet-Rieu, 2 octobre

L'ENNUI

Je travaillais comme gardien depuis une dizaine d'années à la prison de Don, à Toronto, lorsque le directeur m'a fait venir dans son petit bureau de l'aile Est pour me proposer le poste de *préposé aux exécutions*. On était en 1961, et si à cette époque l'opinion publique commençait à se mobiliser en faveur de l'abolition de la peine de mort, les pendaisons infligées aux criminels étaient encore relativement fréquentes au Canada. En moi en tout cas la question ne suscitait pas de grands débats philosophiques ou moraux. J'ai donc accepté l'offre du directeur, et c'est ainsi que, en échange d'un salaire de soixante-dix-huit dollars par exécution, je suis devenu bourreau à la *prison de Toronto*, comme on appelait alors familièrement le vieux bâtiment de la rue Gerrard. Avant celle de John Floyd en 1908, les pendaisons se déroulaient au grand air, si j'ose dire, dans la cour de la prison. Une chambre (exiguë, mais propre et fonctionnelle) était à présent aménagée à cet effet dans le magnifique pavillon central, dont le fronton soutenu par des colonnes italianisées évoquait, disait-on, certaines des constructions les plus réussies de la Rome antique. Ce dernier détail avait constitué pour les condamnés, selon le directeur, un « admirable progrès en termes de droits de la personne ». Je dois dire que j'étais assez d'accord avec lui. Je n’ai finalement pu exercer mes nouvelles fonctions que deux fois, et encore, en une seule et même occasion : lors de la double pendaison d’Albert Ducas et de Donald Mulkin, le 11 décembre 1962. Ensuite quatorze années ont passé, durant lesquelles aucun condamné n’a été pendu. Puis, en juillet 1976, la peine de mort a été abolie en sol canadien. J’ai alors été réintégré à temps complet dans mes fonctions de gardien, puis mon existence a repris son cours normal, avec son ennui plus ou moins continu, sa vacuité. Car lorsque vous vivez avec cette perspective d’expérimenter, je ne dirais pas ce *plaisir*, mais cette *volupté vaguement nauséeuse* qui consiste à ôter sa vie à un homme, vous vous sentez délicieusement vous éloigner de votre nature humaine pour vous approcher, enfin, de celle d’un Dieu.

Oliver Aymes, 20 décembre

COMMENT MON PÈRE EST MORT DEUX FOIS

En février 1968, en pleine guerre du Viêt Nam (la brutale et imposante offensive du Têt avait été lancée trois semaines plus tôt), mon père est mort au combat. Son corps a été rapatrié, et ma mère, qui pour tout dire vouait à son époux une haine assez inexplicable, a tenu à ce que je me joigne à elle pour l'identification officielle du cadavre. Pourquoi, je l'ignore. Peut-être parce que sa joie secrète ne pouvait être contenue dans son seul corps, et qu'elle espérait que celle-ci se déverse au moins un peu dans le mien. Notre arrivée à la morgue s'est faite, pour elle, dans un silence solennel, et pour moi dans la confusion typique des enfants imprécisément éveillés aux réalités de la mort. J'avais compris, bien sûr, que mourir consiste en une cessation complète des activités. Mais l'essentiel m'échappait, à savoir que ce point d'aboutissement entraînait aussi l'absence définitive du défunt. « Ciel ! C'est papa ! » me suis-je exclamé, catastrophé, en voyant, horriblement dépourvu de présence, mon père allongé sur la longue table métallique, une étiquette attachée au gros orteil droit. Ma mère, feignant admirablement le chagrin devant l'employé de la morgue, s'est quant à elle effondrée, provoquant par le contact de son corps faussement éploré avec la table à roulettes un involontaire mouvement de celle-ci. Deux ou trois mètres ont été ainsi franchis par mon père vers la porte. On dira que j'exagère, mais j'ai toute ma vie considéré que maman le précipitait alors vers la sortie, et que papa mourait en quelque sorte une deuxième fois.

Bret Eaton Kemp, 19 juillet

LE PASSÉ

J'ai repensé à une conversation avec ma bonne tante Léonie, hospitalisée à l'époque depuis un mois, qui m'a beaucoup fait réfléchir à mon rapport avec le passé (moi qui m'en préoccupais d'habitude assez peu). Cette femme de quatre-vingt-onze ans, parvenue au terme d'une longue vie, a délaissé un instant ses tâches de mourante et m'a accueilli dans sa chambre comme une louve inquiète du sort de son petit. J'ai tenté de la rassurer. Je ne suis pas sûr d'y être parvenu, mais les grands arbres mouvants qui embellissaient le carré de sa fenêtre l'apaisaient, redonnaient aux traits de son visage au moins un peu de cette tranquillité pensive qui à mes yeux d'enfant le rendait autrefois si beau. J'insistais surtout pour prendre de ses nouvelles. « J'aime le silence étrange qui depuis quelques jours m'arrive du passé, m'a-t-elle confié à un moment. Il me fournit la paix d'esprit nécessaire. Je me glisse dans ses replis comme dans de vastes salles cruellement éclairées, mais nettes : je m'y aperçois enfin telle que je suis, sans artifices, face aux faits et jugée par le temps. J'assiste avec étonnement à sa longue suite de hasards et de dangers plus ou moins domptés, à la série d'actes, de plaisirs, de maux et d'exploits retenus par la mémoire, ou broyés par elle. Et j'essaye autant qu'il m'est possible, même s'il ne me plaît pas toujours, d'accorder à ce passé la place qui lui revient dans cette incompréhensible fuite du temps qui ordonne notre monde et nous prépare, peut-être, à notre entrée dans le suivant. » Il y aura bientôt deux ans que Léonie est morte. Je n'ai plus jamais, depuis ce jour de notre conversation dans la petite chambre d'hôpital, pris le passé à la légère. Car j'ai compris que j'y rencontrais en somme le plus perspicace de mes juges et, possiblement, un considérable fournisseur d'avenir.

Jacques Shuhl, 7 décembre

MÉANDRES

Je suis née par césarienne, autrement dit par voie détournée, et toute ma vie en est restée comme marquée. La ligne droite m'étourdit et me fait perdre le sens de l'orientation. Le détour, la sinuosité, le virage serré me conviennent mieux. Franchement, je fais de mon mieux, mais, toujours, ma vie reste tortueuse et pleine de méandres. J'ai par exemple beaucoup tourné autour du pot, dans le temps, avant d'épouser Bernard, et le pauvre homme (décédé il y a vingt ans) a eu, j'en ai bien peur, pas mal de difficulté à comprendre mes multiples hésitations. De même, les uns après les autres, tous les chiens avec lesquels j'ai vécu au fil des années ont pendant de longs mois après leur arrivée chez moi vécu sans nom : je tournais sans cesse autour du pot avant de finalement les baptiser. Mon travail, mes amitiés, tous les choix que j'ai pu faire, rien n'a jamais été simple, parce que j'empruntais toujours des chemins décrivant des oves, des spirales, des lacets. Que voulez-vous que je vous dise : j'avais le sentiment que rien *ne devait ni ne pouvait* être mené de façon linéaire. Encore ce matin, j'ai mis un temps incalculable à finalement descendre au jardin pour arroser les fleurs : mille choses attiraient mon attention, me poussaient à m'arrêter ici et là, à tourner en rond, à butiner. J'aurai quatre-vingt-dix ans cette année, et je commence à me dire que la route qui me conduit à ma mort sera encore longue parce que, à l'image de mon existence, je la devine encombrée de courbes et de tournants. On n'échappe pas à sa propre naissance.

Claudia Le Fur, 7 juin

TELLE EST MA QUÊTE

J'ai été un enfant trouvé. Oh, bien sûr, les choses ne se passent plus comme ça de nos jours. Mais je vous assure qu'en 1930 (l'année de ma naissance), il vous aurait été parfaitement possible de découvrir un petit être humain abandonné, emmailloté dans ses langes, sur le pas de votre porte. Par bonheur, ceux qui m'ont accueilli chez eux étaient de braves gens à l'esprit pratique, soucieux de mon bien-être matériel. J'ai développé à l'inverse un goût prononcé pour la songerie. Je connais l'origine de cette tendance au rêve éveillé : tout s'est joué pour moi au cours de ces quelques heures nocturnes passées à observer les étoiles, tandis que j'attendais qu'on me découvre devant l'entrée de la maison. Pensez-y un peu : n'est-il pas naturel pour un esprit encore si peu formé, sur lequel il est si aisé d'imprimer une empreinte, de percevoir plus fortement qu'un autre certaines images ? Ces soleils suspendus, mobiles et extraordinairement éloignés les uns des autres, brûlant d'un feu semblable à celui de mon propre cœur esseulé, sont en tout cas devenus dès cette nuit-là le plus durable de mes objets d'étude. Tenez, par exemple : je me suis inscrit pas plus tard que ce matin (à près de quatre-vingt-dix ans !) au cours *Orbites et comportements astronomiques*, offert tous les mardis par la Faculté des arts et des sciences de l'Université de Montréal.

Que vais-je chercher dans cette inépuisable étude des astres, me demanderez-vous ? Eh bien, je crois que je souhaite y reproduire ce moment de solitude émerveillée, unique, connue lors de cette fameuse nuit du 4 juillet 1930 et à jamais évanouie une fois l'aube venue.

Armand Dallaire, 17 octobre

ENTRACTE

Les hippies et les divers acteurs de la défunte épopée psychédélique se souviendront de cette plante aux vertus hallucinogènes appelée Morning Glory. Je n'encourage pas la consommation de psychotropes : je souhaite simplement relater la singulière expérience sensorielle que j'ai vécue en 1968, le jour où j'ai ingéré pour la première fois quelques graines concassées regorgeant d'acide d-lysergique amide (LSA). J'étais depuis une heure environ sous l'influence de la drogue lorsque, je ne sais pas comment le dire autrement, j'ai *momentanément cessé de vivre*. Je n'entends pas par là que mon cœur s'est arrêté de battre, ou que mes poumons ont tout à coup fini de prendre et de rendre l'air. Seulement, quelque chose en moi s'est défait et je suis sorti de l'existence. Les hallucinations ordinaires, pour le dire ainsi, sont le fait d'une perception qui n'est pas à bonne portée des sens et de l'entendement : la vue, l'ouïe, l'odorat, le goût et la conscience même y jouent mal leur rôle parce qu'une interférence brouille la transmission entre eux et la réalité. Ce n'est pas l'expérience que j'ai vécue. Il n'y avait aucune tromperie de la part des sensations et de la pensée dans cet espace de temps me séparant de ma vie et de ma mort, dans cet entracte durant lequel je suis allé me dégourdir les jambes, comme au milieu d'une pièce présentée dans une salle inconfortable. À la fin du *trip*, les choses se sont bien sûr rétablies et j'ai *recommencé à vivre*. Mais d'inquiétantes portes avaient été entrouvertes.

Jean-Pierre Alonzo, 16 mars

PREMIÈRE VICTOIRE

Dans le village où je suis né, on avait planté à la croisée de la rue Principale et du chemin de la Mare aux canards une énorme croix blanche. Le Jésus cloué sur cette armature de bois de chêne, ensanglanté, tête penchée et couronnée d'épines me hantait et inspirait en moi un tel degré d'horreur que j'évitais absolument de passer devant. Pour m'épargner les cauchemars qu'engendrait pour moi la nuit venue cette vision si parfaitement macabre, je m'imposais chaque jour (par exemple en rentrant de l'école) un détour considérable par les champs. Atterré, la tête entre les mains, je questionnais mes parents : « Pourquoi *cloue-t-on* les gens sur une croix ? Et pourquoi, bon sang, installe-t-on cette croix au coin des rues, à la vue du premier venu ? Pourquoi une telle hideuse glorification de la souffrance et de la mort ? » Mais les pauvres réponses que j'obtenais ne calmaient ni ma répulsion ni mon épouvante. Il est évident que de cette époque provient mon dégoût des religions, mais ce n'est pas ce que je souhaite souligner ici. Un jour que pour la millième fois je rentrais par le pâturage des chèvres, j'ai trébuché sur de mauvais cailloux et ma tête a heurté le sol si violemment que j'en ai perdu conscience. Il faisait presque nuit lorsque je suis revenu à moi. J'entendais au loin des voix qui criaient mon nom : on était à ma recherche. Je me suis relevé et, quoiqu'encore assez sonné, j'ai repris à peu près en ligne droite le chemin de la maison. C'est mon jeune frère Philippe qui le premier m'a aperçu, à distance, marchant dans la lumière diffuse du crépuscule. Mes parents, aussitôt rappelés par lui, se sont précipités auprès de moi, à la fois soulagés et pressés de vérifier mon état de santé générale. En moins de deux, tous les autres villageois recrutés pour me retrouver ont rappliqué eux aussi. On me questionnait, m'examinait, me rassurait, me cajolait. À un moment, quelqu'un m'a enveloppé dans une couverture. Denise, notre petite voisine que j'aimais bien et qui avait à peu près mon âge, m'a apporté un chocolat chaud. J'étais abasourdi : je n'avais de toute ma vie jamais été traité avec autant de sollicitude. Mon père lui-même m'a alors glissé ces mots à l'oreille : « Qu'est-ce qui te ferait plaisir ? » Retrouvant en une seconde tous mes esprits, j'ai sauté sur l'occasion et j'ai dit : « J'aimerais bien qu'on enlève cette affreuse croix ». Le soir même, papa a saisi le téléphone et a appelé le député du comté. Usant de toute son influence de généreux donateur politique, il a exigé (et obtenu !) qu'on retire la croix dressée depuis des lustres à l'angle de la rue Principale et du chemin de la Mare aux canards. Ç'a été ma première victoire secrète contre les sinistres représentations de la religion catholique. Mais il faut rappeler que je ne l'ai remportée qu'au prix d'une grosse bosse sur le crâne.

Loïc Béchard, 16 novembre

LA BOUILLOIRE DE MA MÈRE

Quand ma femme et moi avons emménagé dans notre maison actuelle, nous nous sommes débarrassés de beaucoup d'objets devenus encombrants. La vieille bouilloire en fer blanc que ma mère nous avait offerte, toute bosselée par trois décennies d'usage, s'est ainsi retrouvée avec bien d'autres choses dans une grosse boîte de carton destinée aux ordures. C'est avec un sentiment d'allègement mêlé de nostalgie que j'ai vu, le lendemain matin, les éboueurs s'emparer de la boîte en question et la jeter dans la benne de leur camion. Une longue série de crises conjugales a ensuite commencé entre nous, au cours desquelles, en raison surtout d'une curieuse radicalisation de mes opinions, notre mariage a été mis à rude épreuve. Un jour, au cours d'un voyage assez tendu à Vancouver (à 3 685 kilomètres de la maison), nous étions assis à la terrasse d'un petit café lorsque le serveur s'est approché pour nous offrir un peu de thé. La bouilloire qu'il tenait à la main, étonnamment semblable dans ses bosselures à celle que nous avions jetée aux ordures en 2015, a attiré notre attention. Intriguée, ma femme a alors demandé à l'homme s'il lui permettait d'examiner de plus près le récipient. Il a accepté de bon cœur, amusé plus qu'autre chose. Deux secondes ont suffi pour que nous reconnaissions, encore bien lisible en dessous, le petit mot gravé à l'époque par ma mère : *Pour Bertrand et Marie, 12 février 1984.* Le serveur, voyant notre surprise, a voulu en savoir davantage. Nos explications l'ont à ce point ému qu'il nous a immédiatement fait cadeau de la bouilloire. « J'ignore comment cet objet s'est retrouvé ici, s'est-il étonné, mais il me paraît évident qu'il vous appartient toujours. » Me sont mystérieusement revenus en mémoire à ce moment précis ces mots de maman : « Ne te détourne pas si vite des idées qui ne te conviennent plus. Ce sont souvent les petites veilleuses qui restent allumées quand la flamme aveuglante de nos préjugés est soufflée par le vent. » Par-delà les épaisses obscurités de la mort, maman me rappelait donc à l'ordre.

Bertrand St-Pierre, 30 mars

ROVER

Le bol de nourriture que je laisse aux chats tous les matins sur la terrasse attire chez nous toute une communauté de petits miauleurs bariolés, saisis d'étonnement et plus ou moins écervelés. Ce sont les sans-logis du quartier, les égarés et les éternels épris de liberté qui refusent à tort ou à raison de vivre dans les habitations humaines. C'est leur affaire, et je ne tente pas de les convertir aux joies tranquilles et à vrai dire un peu niaises de la vie domestique féline. Je me soucie seulement de remplir ces estomacs vides, de stabiliser de mon mieux ces esprits étourdis par le grand air. Mon chat Rover, spectateur intrigué de tout ce qui s'agite dans le jardin, les observe à distance engloutir leurs filets de poisson émiettés. Ce n'est pas que Rover soit en froid avec les autres de son espèce. Il se plaît en compagnie de la plupart, et même si l'amitié véritable demeure pour lui une chose rare, certains liens assez durables ont été noués avec quelques-uns de nos voisins à moustaches. Mais puisqu'il a peu vécu à la manière des chats normaux, il n'a jamais été véritablement tenté de se lier sans réserve à eux, et l'harmonie de ses rapports avec ses semblables reste fragile. Il a bien essayé. Il n'a pas réussi à s'ajuster aux vues qu'on lui proposait, à ces conceptions accordant à la férocité plus de puissance qu'à la bonté, à ces poursuites du bonheur trop souvent mêlées de chasse et de meurtres, à cette scandaleuse idée selon laquelle deux chats qui ne pensent pas de la même façon doivent forcément être ennemis. Je n'y peux rien : c'est un idéaliste.

Massimo de Campura, 22 juin

CENDRES

Au mois de juillet 1974, il y a eu un soir où le système électrique de l'église de notre quartier a surchauffé puis a fait jaillir quelques dangereuses étincelles. En moins de deux, les flammes ont dévoré le bois centenaire dont était faite la charpente. Les pompiers sont arrivés sur les lieux au moment où le clocher, déjà aux trois quarts consumé, se décrochait de la nef et, dans un sinistre bruit de catastrophe, s'écroulait sur le parvis. Au bout d'une heure à peine tout le bâtiment n'était plus qu'un tas de ruines fumantes. J'ai vu des gens, ce soir-là, pleurer devant ce spectacle désolant. Je me tenais, parmi la foule consternée, aux côtés d'une femme inconnue. Le calme douloureux de son beau visage, peut-être, m'a poussé à lui souffler quelques mots de réconfort. « Ils la rebâtiront », lui ai-je dit tout bas en osant à peine la regarder, tant ses traits si harmonieux m'intimidaient. Quelques secondes d'un émouvant silence se sont écoulées entre nous, puis, dans un murmure plein de chagrin elle a dit : « Mon fiancé et moi devions nous épouser dans cette église samedi prochain. À l'évidence, il faudra reporter ça. » Je ne sais quelle volonté secrète m'a dicté la suite des événements. Je l'ai invitée à faire quelques pas en ma compagnie dans les rues avoisinantes, sous le ciel ensemencé d'étoiles et sous la grosse tranche de citron de la lune. C'était un être à l'esprit mobile, singulier, bouillonnant d'aspirations et d'idées (la plupart teintées de mysticisme moyen-oriental). Une sensibilité plutôt contemplative lui faisait concevoir le monde comme un mystère à expérimenter, et non comme un problème à résoudre. Elle ne croyait guère en Dieu, mais comprenait parfaitement ce besoin d'apaisement spirituel que ne peut procurer à elle seule la pensée. Elle ne priait pas, mais appliquait de son mieux les principes d'une sorte de dure tendresse qui, sans doute, la préservait des hasards les plus abrupts du destin. Elle me confiait tout ça. Je l'aimais déjà d'un foudroyant amour. Je brûlais d'envie de le lui dire, et de la prier de m'aimer au moins un peu en retour, mais son engagement auprès d'un autre homme me l'interdisait. Le ciel avait fait un demi-tour sur lui-même lorsque nous nous sommes finalement séparés. Je ne l'ai jamais revue. Là-bas, l'église a été reconstruite. Mais sur mes lèvres subsiste un étrange goût de cendres.

Jean-François Lemieux, 30 mai

UNE SUPRÊME DISCRÉTION

Au tournant des années soixante-dix, mon grand-père, quoique déjà fort avancé dans l'âge, se passionnait encore pour sa fabuleuse collection de timbres. L'un d'eux, religieusement préservé dans *l'Album numéro un*, attisait plus que les autres sa fierté : le *Penny Black* (estampillé, comme il se doit, par le cachet de la poste), à l'effigie de la reine Victoria, premier timbre distribué dans le monde au printemps de 1840. J'allais sonner à sa porte, puis j'étais admis dans le petit bureau du fond où il passait de longues heures à trier, à étudier et à admirer ses précieux petits carrés de papier. À condition de garder le silence et de ne pas mettre mes doigts dessus, j'étais autorisé à contempler son *Penny Black* en m'aidant d'une grande loupe à manche, qui, lorsqu'on regardait le monde à travers elle, grossissait merveilleusement toutes choses. J'avais dix ans, et l'étude des timbres et du rude profil de Victoria m'intéressait médiocrement, mais l'usage de la loupe électrisait mon âme. J'accédais, quand je plongeais mon regard dans la lentille de cet objet quasi miraculeux, aux réalités d'un univers comme étranger au nôtre, et pourtant contenu en lui. J'examinais avec une application émerveillée les infimes détails des fibres du tapis, du bois dont étaient faites les moulures, des mouches mortes sur le rebord de la fenêtre, et, même, de la touffe de poils blancs colonisant l'oreille de grand-père. Je l'implorais de me prêter plus longuement sa loupe et de me laisser l'emporter lors d'explorations plus lointaines. Mais il ne consentait à me la confier que si je demeurais à portée de sa vue, dans les étroites limites du bureau. Du temps a passé. Puis, en 1972, mettant de côté sa sévérité habituelle, il m'a offert pour Noël une magnifique loupe rectangulaire, que j'ai d'ailleurs toujours et que je conserve comme l'un de mes biens le plus aimés. Car c'est par elle que j'ai pu développer, puis toute ma vie entretenir, ma fascination pour ces choses d'une suprême discrétion que l'œil nu, occupé ailleurs, regarde de haut et tient pour négligeables.

Renaud Larochelle, 14 août

LA BEAUTÉ DE MA MÈRE

Ma mère était, en sa jeunesse, une beauté très entourée. Mon père en éprouvait une jalousie telle que le divorce a dû être prononcé au bout d'à peine trois ans de mariage. La fin de cette union houleuse a représenté pour elle une authentique libération, dont elle m'a par ailleurs beaucoup fait profiter. J'avais quatorze ans et j'étais au beau milieu de l'année scolaire quand ma mère a avisé la direction de l'école que des circonstances exceptionnelles m'empêchaient de terminer le semestre. Après avoir rassemblé ses quelques économies, elle venait en effet de s'acheter une vieille auto à bord de laquelle, la tête légère et fous de liberté, nous nous sommes bientôt embarqués tous les deux pour faire le tour de l'Amérique. Le départ de Montréal s'est fait sous la neige. Au paysage enneigé ont succédé, le long de la côte atlantique, les grands ensembles naturels de la plaine débouchant sur la Floride subtropicale. Nous dormions dans la Ford, et repartions en trombe le matin venu au son (poussé à fond) de la radiocassette. Nous ne nous arrêtions que pour manger un Big Mac, boire un Pepsi ou visiter les toilettes des haltes routières. Ma mère, jeans serrés et foulard de soie enroulé autour du cou, était rayonnante, s'amusait de tout et, franchement, savourait chaque instant de ce bonheur, peut-être parce qu'elle pressentait qu'il ne durerait pas. C'est non loin de la ville de Fort Pierce (Floride) que les choses ont mal tourné. J'épargnerai à vos lecteurs les circonstances et les détails sordides de la soirée qui a modifié si profondément le cours de ce voyage, pourtant amorcé dans une sorte d'impesanteur. Disons seulement que le viol de maman, sous mes yeux, sur la petite route déserte où nous avons été interceptés par les voyous, a imprimé pour toujours en nous deux sa figure de sourde tragédie. Je suis retourné à l'école le mois suivant. Ma mère, à jamais meurtrie, prostrée, a perdu en six mois l'essentiel de cette beauté qu'elle n'avait pas choisie.

Vincenzo Bello, 29 juin

L'ÉCRASANT SILENCE DES GRANGES

J'ai vécu jusqu'à ce jour une existence, Dieu merci, à peu près dépourvue de grands malheurs, et même d'événements remarquables. Mais il circule dans ma famille une histoire digne de figurer, il me semble, dans cette espèce de petit inventaire auquel vous me demandez de collaborer. La voici. Ils étaient à l'époque une vingtaine de modestes fermiers à travailler sur les terres caillouteuses de Charles Cunningham Boycott, richissime propriétaire terrien irlandais. À la fin de l'automne 1879, après un été sec et des récoltes désastreuses, mon arrière-arrière-grand-père, sans doute le plus dégourdi d'entre ces fermiers, a persuadé ses confrères de s'unir et de former la Ligue agraire, bloc de résistance appelé à défendre les droits des paysans du comté de Mayo. Les membres de la Ligue ont exigé bientôt de Charles Cunningham Boycott qu'il consente à tous les fermiers de la région, en compensation pour les pertes qu'avait engendrées la sécheresse, une réduction de 25 % du loyer des terres cultivées. Son refus teinté de mépris et de suffisance a provoqué auprès de ces paysans et de la population locale une onde de colère. Impuissants, ne possédant pour l'heure aucun recours, les demandeurs sont rentrés dans leurs maisons et ont laissé passer l'hiver. Puis le printemps est revenu, et avec lui la nécessité du labour.

Personne cependant ne s'est remis à la tâche. Les jours s'écoulaient, mais les charrues demeuraient immobiles dans les granges. Charles Cunningham Boycott, scandalisé de ce mouvement de protestation, a menacé de chasser les protestataires puis d'embaucher à leur place d'autres fermiers. Mais tout le pays se souvenait de l'arrogance et du formidable irrespect dont l'homme avait fait preuve l'automne d'avant. C'était entendu : au risque de tout perdre, pas un des hommes concernés, pas une de leurs femmes, et pas même un de leurs enfants n'allait accepter de travailler pour un tel personnage. Il ne s'est donc fait ni semailles ni arrosage, ni désherbage ni récolte, ni d'ailleurs aucun autre travail cette année-là sur les terres de Charles Cunningham Boycott. Cette action très dure a entraîné sa ruine, et la formation à travers toute l'Irlande d'innombrables autres groupes de pression semblables. En triste mémoire de celui qui malgré lui avait lancé le mouvement, mon arrière-arrière-grand-père a pris l'initiative de baptiser *boycottage* cette nouvelle façon de faire consistant en la cessation volontaire de tout rapport avec un bien, un ouvrage, une compagnie ou une personne. Le mot, depuis, est, comme vous le savez, entré dans l'usage et utilisé de par le vaste monde.

Clive Byrne, 30 novembre

FOI EN L'HUMAIN

Par un très doux matin du printemps de 1894, dans la ville autrichienne de Braunau am Inn, mon arrière-grand-père achevait sa promenade quotidienne sur les bords de la rivière. Il en était à cette étape, pour lui la plus inspirante, où il se récitait mentalement quelques-uns des plus beaux préceptes de sa religion. Tout à coup, des cris de détresse lui sont parvenus de cette partie du parc où le courant de la rivière prend un peu de vitesse et peut, pour le baigneur qui n'y prend pas garde, devenir périlleux. Accouru sur les lieux, il a vu une femme à demi immergée dans l'eau, qui, au comble du désespoir, agitait les bras et criait à l'aide afin qu'on vienne au secours de son enfant emporté par les flots impétueux. Il fallait faire vite : le petit corps affolé, déjà hors de portée, dérivait dangereusement. « Je ne sais pas nager ! gémissait Klara Pölzl (c'était son nom). S'il vous plaît, secourez mon fils ! Secourez mon fils ! » Alors mon bisaïeul n'a fait ni une ni deux et, parcourant à la course la dernière distance qui le séparait de la rivière, a plongé tête première dans les vagues écumeuses. Pas de doute possible : l'homme a dû nager vers l'enfant avec cette force que confère à la volonté la menace de la mort imminente. Quelques interminables secondes lui ont suffi en tout cas pour arriver à la hauteur du garçon, qui a été empoigné par le col et promptement ramené sur la rive. Les premiers soins administrés, le petit, tiré d'affaire et somme toute plus ébranlé qu'autre chose, s'est remis sur ses pieds. La mère, elle-même encore fort secouée, était éperdue de reconnaissance envers le sauveteur, qui pourtant n'avait agi que par pur altruisme (et mû, je dirais, par une foi inébranlable en la valeur du genre humain). « Comment t'appelles-tu ? » a-t-il demandé à l'enfant, en caressant son visage encore tout blême de saisissement et de peur. Sa réponse, pénétrée néanmoins d'une terrifiante assurance et d'un sentiment de défi, est restée longtemps paraît-il dans la mémoire de mon arrière-grand-père. « Je m'appelle Adolf, a-t-il dit. Adolf Hitler. Et quand je serai grand, je ferai de la politique. »

Kilian Reiter, 3 avril

L'INSOUCIANCE

Un jour, un rapace qui tournoyait depuis une heure au-dessus de ma maison s'est finalement décidé, a plongé en piqué, s'est abattu sur mon chat, a verrouillé sur lui ses serres puis a repris le ciel avec sa proie stupéfaite et criant de détresse. Ce rapt, perpétré sous mes yeux horrifiés, aura laissé en moi sa marque indélébile : chaque fois que je vois l'un ou l'autre objet descendre du ciel (avion, oiseau, nuit, pluie, étoile filante, soleil), tout mon corps tremble de frayeur. Voilà, c'est mon histoire. Depuis presque quarante ans, tous les matins en me levant je tire le rideau, je scrute soucieusement les cieux, et je repense à l'oiseau de malheur qui s'est envolé un jour avec mon chat et mon insouciance.

Gervais Dassilva, 30 décembre

UN SAMEDI SOIR À CHICAGO

Le quartier de Chicago où j'habitais pouvait être dangereux le soir venu, mais je ne m'étais jamais vraiment soucié de ça. Je me disais, avec la naïveté de ma jeunesse peut-être, que le genre de mésaventures dont on entend parler (voies de fait, vols, etc.) n'arrivait qu'aux autres. Ce soir-là, j'étais en tout cas allé faire une marche en solitaire, comme il m'arrivait de le faire lorsque mon petit commerce illicite (drogues, montres, camelote diverse) tournait mal, ce qui m'empêchait de trouver le sommeil. Le South Side paraissait comme d'habitude plutôt désert et somnolent, mais le premier venu sait bien que dans tous les coins d'ombre de ce secteur de la *Windy City* se cache, à pareille heure, un fauve prêt à bondir. À un moment, j'aborde un type pour lui demander du feu. L'autre sort son briquet puis, tandis que je suis penché sur la flamme, m'envoie son poing dans le ventre, me jette sur le bitume, se rue sur moi pour m'immobiliser puis, d'une série de gestes sûrs (un professionnel, visiblement), vide le contenu de mes poches avant de détaler et de disparaître dans la nuit chicagolaise. Me voilà allongé sur l'asphalte, sonné, avec une côte brisée, quelques ecchymoses, et plus léger de quarante dollars. « C'est le moment que j'attendais pour te parler », m'a alors fait savoir, résonnant à l'intérieur de mon cerveau, une irrésistible petite voix. Puis, poursuivant sur sa lancée: « Voici mon conseil. Éloigne-toi de celui que tu es en train de devenir. Il ne te mènera nulle part. » Je jure sur la tête de mon ivrogne de père que ça s'est passé comme ça. Deux jours plus tard j'ai tout laissé derrière moi, j'ai pris l'autocar et je suis arrivé ici, au Canada, pour recommencer à zéro. Ça ne m'a pas trop mal réussi: à présent je suis marié avec une fille formidable, j'ai deux gamins et un travail honorable. Vous devriez publier mon histoire.

Cody Wilkerson, 30 avril

RIEN DE PARTICULIER

Ce qui m'étonne, c'est que mon bonheur, bien qu'il soit quelquefois assombri, ne nécessite qu'une quantité négligeable d'efforts. Comme s'il m'était naturel d'être heureuse, et que le malheur ne se manifestait jamais en moi que sous la forme d'un pur fantôme, d'une ombre passagère et fuyante. Lorsque je m'inquiète, je me rassure en remettant de l'ordre dans mes pensées, je les dispose comme des fleurs dans un vase. Cela dit, il me semble peu probable que je découvre un jour les raisons profondes de ma joie. Oh, je vois bien que des forces s'agitent en moi-même. On dirait une espèce de soif de l'esprit, mais qui sans cesse déborde et se matérialise dans le corps. Comme si cet esprit, toujours, et par tous les moyens, cherchait à s'incarner. Mais dans l'ensemble, non, je ne m'explique pas bien cette facilité pour le bonheur. Vous voyez : je n'ai que des choses très banales à vous raconter.

Jeanne Nantel, 12 janvier

UN CERTAIN PENCHANT

Ce dimanche-là, nous sommes arrivés à Belongil Beach vers les sept heures. La plage était encore déserte, et rien ne troublait son silence à part le fracas de la houle dont la crête, après s'être enroulée sur elle-même, venait impétueusement mourir sur la grève. Le soleil montait par degrés, l'air était délicieusement tiède et la journée s'annonçait magnifique. Ma femme Sheila m'avait devancé dans l'eau et, à plat ventre sur sa planche de surf, manœuvrait déjà vers le large, à la rencontre des premiers rouleaux. Je venais à peine de m'élancer à mon tour sur les flots lorsque j'ai aperçu Sheila brusquement (j'allais dire *violemment*) tirée de sa planche et disparaître sous l'eau, comme aspirée par une force invisible. Les eaux de cette région de l'Australie sont connues pour être appréciées des requins, qui y trouvent quantité de proies faciles, étourdies par les vagues tourbillonnantes. Saisi, mais luttant de mon mieux contre ma peur, je me suis immédiatement dirigé vers le *longboard* vide, mais encore relié par son attache à la cheville de ma femme. Mes craintes se sont vite avérées : dès l'approche, j'ai vu la mer teintée de sang. Soudain, émergeant de l'eau dans un tournoiement d'écume rouge et d'éclaboussures, j'ai aperçu Sheila se débattant avec un énorme requin gris, facilement reconnaissable à sa nageoire dorsale blanche et ses grands yeux. L'animal, sa puissante mâchoire refermée sur la jambe, se tortillait dans tous les sens dans le but évident d'épuiser sa victime. J'assistais, impuissant, à cette scène insupportable. Je ne sais trop si c'est la chance ou l'intervention de Dieu qui est venue mettre un terme à cette horreur, mais toujours est-il que le squale au bout d'un moment a relâché son impitoyable étreinte et s'est éloigné. Je m'attendais à tout de la part de cet animal intelligent. Ce n'était peut-être qu'une tactique : il pouvait revenir et achever sa besogne. La suite m'a heureusement donné tort, et j'ai pu sans trop de mal remorquer sur le rivage ma femme atrocement mutilée mais bien vivante. « Non, ça n'était pas la chance, m'a-t-elle confié plus tard, allongée sur son lit d'hôpital. Je ne pense pas non plus que Dieu ait joué quelque rôle que ce soit dans cette mésaventure. En un sens, je crois exactement l'inverse : si tu donnes à ta vie un certain penchant, les hasards à la fin finissent par aller dans ton sens. »

Erin Jacobson Prentice, 11 septembre

UNE LONGUE TRAÎNÉE DE PEINTURE ROUGE

Je tiens cette histoire extraordinaire de mon père, qui, par pudeur peut-être, ne me l'a cependant racontée qu'une seule fois. Je ne peux vous en attester l'authenticité, papa ayant eu toute sa vie une fâcheuse tendance à l'exagération. Quoi qu'il en soit je ne l'ai jamais oubliée, et je dois dire qu'elle compte aujourd'hui encore parmi les plus singuliers objets présents dans ma mémoire. Pour cette raison même, je crois qu'elle vaut d'être rappelée et incluse dans votre petit livre. Mon grand-père, Léopold Santerre, était un original, doté en plus d'un esprit aventurier. Un jour (à l'âge de vingt-huit ans), il s'est acheté pour la somme de quatre dollars une robuste chaloupe en bois de cèdre munie de deux rames. Puis il a réuni son matériel, s'est embarqué, et s'est mis au défi d'atteindre en deux mois, à partir du port de Montréal, les premiers remous du Gulf Stream, avant de rebrousser chemin et de rentrer à la maison. À l'aube du 16 avril 1912, Léopold, naviguant en plein Atlantique Nord, a vu se profiler à l'horizon un premier iceberg. Une heure lui a suffi pour rejoindre ce monstre blanc. Le spectacle qui s'est offert alors à ses yeux lui a soulevé le cœur. Partout, des centaines de cadavres humains congelés, certains encore enlacés, les traits figés, marqués par la terreur et le désespoir, flottaient à la surface de la mer. Horrifié, troublé au possible, mon grand-père a laissé pendant un long moment dériver son embarcation au milieu de ce cimetière flottant. L'imperturbable masse de l'iceberg projetait son ombre glaciale sur tout ça. Rajustant son bonnet de laine, resserrant un peu plus son écharpe, Léopold a fait ensuite lentement le tour de cette immense scène de mort, dirigeant de son mieux son vaisseau entre les corps, évitant à tout prix de les percuter. Un profond silence régnait aux alentours. Son examen terminé, mon grand-père s'est apprêté, dévasté, à reprendre sa route. Le rythme métronomique des rames frappant l'eau a recommencé, brisant le silence effrayant. C'est alors seulement que le jeune navigateur solitaire a aperçu, à distance, une longue traînée de peinture rouge striant le flanc de l'iceberg : l'horrible et accablante signature laissée là, vraisemblablement, par le paquebot englouti quelque temps plus tôt. C'est de cette façon que le père de mon père a appris le tragique naufrage du RMS *Titanic*.

Aurèle Santerre, 10 avril

UN COURT INSTANT DANS L'ÉPOQUE

Par un matin de grand vent mon chapeau a quitté ma tête, et, après avoir voleté un moment dans l'air, a touché le sol puis s'est mis à rouler le long du trottoir. J'ai couru, couru à en perdre le souffle pour le rattraper, tant et tant que j'ai fini par trébucher sur une inégalité du béton et me suis écroulé de tout mon long par terre. Une femme inconnue s'est immédiatement penchée sur moi pour m'aider à me relever. Les premiers mots que j'ai entendu prononcer par cette bouche délicieuse ont été: « Je m'appelle Catherine et je crois que la chute a un peu esquinté votre pantalon. » Un très perceptible mouvement de plaques tectoniques s'est alors produit en moi, qui s'est ajouté à la série de grands bouleversements de cette époque bouillonnante: révolte étudiante, anticapitalisme pacifiste, Printemps de Prague, préparatifs de la NASA pour les missions lunaires, modernisation de l'Église catholique, Guerre froide, Festival de Woodstock, *Flower Power*, etc. Nous nous sommes mariés Cathy et moi le 31 décembre 1969, ce qui, à mon avis, a conclu en beauté l'une des décennies les plus palpitantes du siècle dernier.

Fabio Forgione, 9 novembre

VERTIGES

Il y a de ça une quinzaine d'années, j'ai été réveillée en pleine nuit par les miaulements accablés d'un chat coincé sur le toit de la maison. Comment avait-il pu se fourrer dans un tel pétrin, je l'ignore. J'imagine que, agrippé au vieux mur de briques et se découvrant incapable de reculer, il était monté, monté, jusqu'à atteindre la gouttière, avant de se hisser sur la couverture d'ardoise. Il devait être en tout cas près de trois heures du matin lorsque j'ai appuyé l'échelle contre le mur, prête à tout pour tirer mon petit visiteur de ce mauvais pas. Vous est-il déjà arrivé, au moment où vous pensiez tout connaître vous concernant, d'apprendre encore sur vous-même quelque chose d'absolument inattendu ? Pour ma part j'ai découvert avec stupéfaction, une fois arrivée sur le toit, que je souffrais de vertige. Quatre heures ont passé durant lesquelles je suis restée cramponnée à la cheminée, affligée de terribles pertes d'équilibre et par la sensation effarante d'être attirée par le vide. Le chat cependant s'était assoupi sur une tuile à mes côtés. À sept heures, Maurice (mon voisin) est sorti de chez lui comme d'habitude et, répondant à mon faible et chevrotant appel au secours, a levé les yeux et m'a aperçue là-haut. Le temps pour lui de contourner la haie mitoyenne, ce bon samaritain grimpait déjà les premiers échelons. Le sauvetage, méthodique, d'une remarquable efficacité, s'est fait à peu près sans anicroche, et à sept heures vingt, Maurice, le chat et moi-même étions de retour sains et saufs sur la terre ferme. Minet est reparti sans cérémonie, mais Maurice et moi avons commencé dès le lendemain à nous fréquenter. Nous sommes passés devant le notaire deux ans plus tard (le 17 juin 2007), et notre mariage a duré neuf années. Puis j'ai demandé le divorce et je suis venue vivre ici, non loin de ce parc que, comme vous, je fréquente assidûment. Je ne partage désormais ma vie avec personne, pas même avec un chat. Mais il m'arrive encore, la nuit, du fond de mon lit, d'écouter attentivement si par hasard l'un ou l'autre des petits félins du quartier ne m'appelle pas à son secours (et d'en éprouver quelque vertige).

Gabrielle Bédard, 13 juillet

UN GENTIL GARÇON

Je fréquentais Ludovic depuis environ six mois, et mes parents ne l'aimaient pas plus qu'au premier jour. « Je ne sais pas trop ce que tu trouves à ce garçon, me disait mon père, dans son style direct habituel. Moi, je n'y vois qu'un jeune vaurien arrogant et vulgaire. Il n'est absolument pas fait pour toi. » Maman s'efforçait d'être plus compréhensive, mais, oh, je devinais sa désapprobation, d'ailleurs peu subtile. Quand j'allais leur faire une petite visite à la maison et que nous nous retrouvions seules ensemble (j'aimais bien discuter avec elle, c'était quelqu'un d'agréable malgré ses principes vieux jeu), elle ne manquait jamais une occasion de me demander : « Et, euh, est-ce que Ludovic s'est finalement déniché un boulot ? » Et c'est vrai que mon amoureux n'était pas le plus travaillant, ni le plus humble et le plus raffiné des hommes, mais j'étais sous l'emprise, quoi de plus normal, de l'idéalisme de mes dix-neuf ans, et mes sentiments à son égard étaient sincères. Nous partagions Ludovic et moi un petit appartement assez minable sur la rue de Chateaubriand, à Montréal, tout près de la station de métro Rosemont. Mon travail de préposée au stationnement m'obligeait à passer de longues heures assise dans une guérite d'environ quatre pieds sur quatre. Je profitais des temps morts (peu de gens entraient ou sortaient de l'aire de stationnement en dehors des heures de pointe) pour lire des romans d'amour à l'eau de rose. Ludovic m'accueillait ensuite à l'appartement avec une sorte de bienveillance plus ou moins maladroite dont il était conscient et qui le faisait souffrir, ce qui expliquait l'arrogance et la vulgarité que papa lui reprochait, mais qui n'était qu'une façon de se venger sur les autres de sa propre insuffisance. Enfin, quoi qu'il en soit, je l'aimais et je pense qu'il m'aimait aussi. Je l'ai aimé encore davantage après l'événement que je vais raconter à présent. Un jour que nous étions réunis à table avec mes parents pour un autre de ces interminables soupers en famille, papa est devenu subitement très pâle, son visage s'est tordu dans une affreuse grimace de douleur, il a posé ses deux mains sur sa poitrine, s'est affaissé, pour ensuite s'effondrer lourdement sur le parquet. « Mon Dieu ! a crié maman, ton père fait un arrêt cardiaque ! » En moins de deux, Ludovic était penché sur le corps presque inanimé et commençait à appliquer les techniques de réanimation d'usage (massage cardiaque, bouche-à-bouche). « Parle-lui ! hurlait-il à mon intention. Touche-le ! Envoie-lui de la lumière dans les yeux ! Assure-toi qu'il réagit à tes stimuli ! Il faut à tout prix le garder conscient ! » Je faisais tout ça, religieusement, tandis que maman appelait en sanglotant les paramédics. Six minutes plus tard environ, la série de soins de première urgence et, surtout, la défibrillation effectuée par eux sur papa l'ont stabilisé suffisamment pour permettre son transport en ambulance jusqu'à l'hôpital Saint-Luc. Mais nul doute : Ludovic, par son intervention et son savoir-faire, venait de lui sauver la vie. Puis tout est à peu près rentré dans l'ordre, et une semaine plus tard papa est retourné à la maison avec une prescription de médicaments et les instructions pour une diète plus adaptée à son âge et son état de santé général. Quelques mois ont encore passé, et j'ai cessé de fréquenter Ludovic. J'ai gardé l'appartement, et lui est allé vivre chez un ami. Nous nous sommes revus à l'occasion, puis, au bout d'un moment, nos routes se sont définitivement séparées, et nous avons perdu la trace l'un de l'autre. Mais chaque fois que je vais visiter mes parents ou que je leur parle au téléphone, papa me demande des nouvelles de « ce gentil garçon plein d'avenir » avec lequel j'ai vécu, à l'époque.

Béatrice Fortier, 31 juillet

AVANT L'AUBE

Une nuit, lorsque j'avais onze ans, j'ai rêvé de ma petite sœur, morte de leucémie peu de temps auparavant. C'était en soi un rêve banal, comme en font chaque nuit, je présume, des millions d'enfants dans le monde. Je n'avais pas même l'impression de visiter ma sœur dans la mort, il n'y avait rien à proprement parler de surnaturel dans ces images. Mais enfin, nous étions de nouveau réunis, et je pense que c'est ce qui comptait pour moi. La suite est plus mystérieuse. La nuit suivante, le même songe, suis-je tenté de dire, s'est poursuivi : j'ai retrouvé ma sœur à l'endroit précis où nous nous étions quittés la veille quand, à l'aube, j'ai ouvert les yeux et que je me suis trouvé seul dans ma chambre. La même conversation s'est poursuivie, dans les mêmes mots, comme si nous n'avions été séparés qu'un court instant. Mais voici le plus extraordinaire : la troisième nuit, j'ai encore rencontré ma sœur dans le même lieu (le parc où nous allions longuement nous amuser sur les balançoires, grimper le long de la corde à nœuds ou dévaler la glissoire), et j'ai repris avec elle la discussion et les jeux interrompus vingt-quatre heures avant. Puis, sans nous dire explicitement adieu, nous nous sommes séparés, cette fois pour de bon, et lorsque j'ai ouvert les yeux ma fenêtre commençait à rosir. La spiritualité, de nos jours, prend de multiples visages. Certains d'entre nous l'associent à la religion et aux relations que nous entretenons avec les dieux. Les philosophes y voient l'expression des rapports liant la matière et l'esprit. Pour d'autres, elle est une forme d'instrument, de levier sur lequel ils s'appuient dans leur quête de sens, d'espoir, ou peut-être de libération. Mon histoire, qui puise dans chacune de ces définitions, ne colle cependant à aucune. Je ne crois pas possible d'en résoudre un jour l'énigme.

Jessy Beauchesne, 16 février

2020

SAUCE PIQUANTE

Le jeudi 17 septembre 2020, j'ai rempli la grille de mon billet de loto avec les six chiffres qui se trouvaient sur le code-barres du flacon de ma sauce piquante préférée. Le lendemain, j'ai gagné le gros lot de trente-deux millions de dollars. Je ne sais pas quoi vous dire au sujet de cette farce du hasard, ou du dieu écervelé qui, du haut de son ciel, place dans l'ordre de ses priorités ce genre de chose avant l'élimination de l'injustice, des conflits armés ou des dérives autoritaires des dictatures. Mais je sais au moins ceci, désormais, à propos du hasard et de Dieu : plus une histoire paraît absurde, plus elle a des chances de leur plaire.

Anonyme, 28 novembre
(a refusé de s'identifier)

PREMIER JOUR DE PANDÉMIE

Le jour où l'état de pandémie de coronavirus a été officiellement décrété, un jeune homme est venu frapper à ma porte et m'a rendu le portefeuille que j'avais égaré cinquante-huit ans plus tôt (en 1962). Rien n'y manquait : ni les quelques dollars que je traînais toujours sur moi, ni ma carte d'identité de la marine, ni mon permis de conduire, ni le petit document avec la liste des consignes en cas d'attaque nucléaire (cet automne-là, les missiles soviétiques, basés à Cuba, étaient braqués sur les États-Unis). J'y ai même récupéré un billet de rationnement pour la bière. « Je l'ai trouvé il y a six mois à la base navale de Mayport, en Floride, m'a expliqué l'homme en me tendant le portefeuille. Il était coincé derrière un casier installé au dortoir depuis des décennies. Je présume que c'est là que vous aviez vos quartiers avec vos camarades de la Navy. Ah, on peut dire que ça n'a pas été une sinécure de retrouver votre trace ! Mais enfin, me voici. » Je l'ai remercié de s'être donné tant de mal pour en somme si peu de chose. Je lui ai rappelé que j'aurais en outre tout aussi bien pu être mort et enterré depuis longtemps (à mon âge, ces choses-là arrivent), et alors ses démarches n'auraient abouti à rien. Mais il avait eu l'étrange pressentiment que j'étais au contraire bien vivant quelque part, et pour une raison que lui-même ne s'expliquait pas bien il avait tenu à me rencontrer. Ensuite nous avons encore échangé quelques mots, puis il est reparti. Mais écoutez ceci : plus tard dans la soirée, en ouvrant le petit compartiment à fermeture éclair, j'ai découvert dans le portefeuille une photo jaunie de ma fiancée de l'époque. Elle s'appelait Corona.

Andrew Sheever, 10 juillet

LA FIDÉLITÉ

Lorsque j'étais enfant, mes parents m'ont offert pour mon anniversaire une souris blanche. Je me suis rapidement attaché à cette amie discrète, peu exigeante et, comme moi, timide et éprise de solitude. Je crois qu'elle m'aimait bien aussi : quand j'ouvrais la porte de la cage elle cessait séance tenante toute activité, venait s'asseoir dans le creux de ma main et levait vers moi son museau moustachu et renifleur comme pour dire : « Quoi de neuf, petit humain ? » Je passais alors une heure ou deux en sa compagnie, allongé sur mon lit, la laissant à sa guise aller et venir sur mon ventre, puis se faufiler sous ma chemise, en ressortir et pousser plus avant encore son exploration sur l'oreiller, entre les draps, ou parmi les bandes dessinées toujours plus ou moins éparpillées sur l'édredon. Un soir, tandis qu'elle s'adonnait comme tant d'autres fois à ce jeu inoffensif, je me suis endormi. À mon réveil une heure plus tard j'avais complètement perdu sa trace : ni le plancher, ni la cage, ni le dessus des meubles ne résonnaient plus du tapotement si caractéristique de ses petits pas précipités. Par où s'était-elle enfuie, je ne l'ai jamais su. En tout cas j'ai dévalé l'escalier et suis descendu au salon pour aviser mes parents. Nous avons tous les trois passé l'heure suivante à fouiller la maison à la recherche de la fugitive, sans succès. Nos fouilles se sont poursuivies vainement le lendemain, le jour d'après, et pendant toute la semaine. Il a bien fallu, au terme de tout cela, se rendre à l'évidence : ma bonne petite compagne avait dû, d'une manière ou d'une autre, trouver un passage vers l'extérieur et commencer, là, dehors, une vie certes plus rude, mais aussi plus libre et résolument plus solitaire. Des semaines ont passé. Je fréquentais l'école, j'allais et venais entre le parc et la maison, relisais en boucle, pour la millième fois, mes bandes dessinées, côtoyais plus ou moins assidûment mes rares amis. Je meublais de mon mieux mon temps avec les sages occupations de mon âge. Mais j'étais moralement torturé : je me sentais trahi, comme si, après avoir beaucoup donné de moi-même, j'avais été cruellement abandonné. Puis, un matin, en sortant de la maison pour me rendre en classe, j'ai aperçu ma souris, blessée, visiblement malmenée par un chat du voisinage, qui *m'attendait* sous le porche. On dira : « Oh, mais bien sûr elle ne *l'attendait* pas. Simplement, elle avait vécu dans un trou pendant tout ce temps, puis elle était réapparue à cet endroit, par hasard. » Peu m'importent ces raisonnements dépourvus d'intuition et de sentiment. Je sais, moi, à la façon dont mon amie s'est hissée de toutes ses pauvres forces dans la paume de ma main ce matin-là, qu'elle ne m'avait jamais oublié.

Marc-André Montplaisir, 20 février

À KÉLIBIA

Notre maison familiale, construite sur un talus herbeux, surplombait la Méditerranée. Un jour, une baleine à bosse est venue s'échouer juste en contrebas de l'escalier de pierres et de la dune descendant par degrés jusqu'à l'étroite plage. Je n'étais encore qu'une petite enfant, mais je me souviens avec précision de mon père saisissant le téléphone et appelant les secours. Je me souviens surtout, une fois descendue sur la grève avec papa, de mon premier contact avec le cétacé, de ma main minuscule caressant le cuir un peu rêche et très finement huileux de l'immense corps noir. Chassée de son milieu naturel par je ne sais quel mouvement de la mer, la baleine respirait à grand-peine. Son œil, d'où émanait une sorte de lueur fauve, me fixait avec une étrange douceur. Ce face-à-face, si j'ose dire, a illuminé à jamais mon esprit comme l'ont fait, plus tard, mes études universitaires, ou l'intuition du néant au moment de la mort de mon père. Deux longues heures ont été nécessaires avant de rassembler et d'apporter sur place le matériel de sauvetage. Le jour s'achevait presque lorsqu'une puissante grue a soulevé l'animal enrubanné de sangles puis, en s'avançant autant que possible dans la mer, l'a déposé en eaux plus profondes. L'inoubliable spectacle de la grande nageoire caudale, noire et blanche, sortant largement de l'eau au moment de la plongée, reste encore à présent pour moi l'une des choses les plus émouvantes que j'ai pu voir. Je ne sais pas pourquoi son image me revient chaque fois que, au cimetière de Kélibia (dans ma Tunisie natale), je me penche sur ces fleurs si fragiles qui poussent naturellement sur la tombe de mon père.

Saïda Fadhel, 6 mai

UNE AFFAIRE DE CONSCIENCE

Après l'incendie (suspect) de la maison et la mort de mes parents, mon oncle m'a accueilli sous son toit, m'a nourri, m'a pris sous son aile puis m'a offert ma première mitraillette. « Je n'aime pas tellement les armes », lui répétais-je sans arrêt. Alors il m'a enseigné comment figer les pieds d'un homme dans le ciment, et c'est comme ça que j'en suis arrivé, à seize ans, à *couler* mon premier particulier. C'est une technique simple, silencieuse et propre, qui ne nécessite qu'un minimum de matériel : un peu de ciment à prise rapide, un moule (une boîte de carton à fond renforcé fera l'affaire), une solide corde pour bien contenir le client, une cagoule à lui mettre sur la tête, une chaloupe avec ses rames. Une fois parvenu au milieu du lac, vous accompagnez votre passager dans une dernière prière puis le passez par-dessus bord en le prenant un peu par surprise, juste avant la fin du Notre-Père. Vite fait, bien fait, pas le temps de s'attendrir. Pas non plus d'effusion de sang, ni de déflagration ou de violence excessive. Ensuite vous rentrez à la maison écouter la fin du bulletin de vingt-deux heures. Veuillez, cher Monsieur, me pardonner de vous avoir choisi pour cette confession peut-être brutale. Mais le prêtre auprès duquel je soulage ma conscience depuis plus d'un quart de siècle n'en pouvant plus, je présume, de son silence complice, menaçait de me dénoncer. Alors j'ai dû le *couler*.

Anonyme, 16 octobre
(propos recueillis par lettre)

MESUREZ VOTRE CHANCE

J'ai su cher Monsieur que vous étiez à la recherche d'histoires « réelles mais à peine croyables ». Eh bien, ce que je trouve à peine croyable, moi, ce sont tous ces gens qui ont la chance d'avoir une famille aimante mais qui ne prennent pas la mesure de leur chance. Tous ceux qui peuvent compter sur un père, une mère, des frères et des sœurs qui viennent à la rescousse lorsque les choses tournent au vinaigre. Je voudrais leur dire : « Sortez de chez vous, allez frapper à la porte des familles désunies, colériques, troublées, mal assorties ou simplement dénuées de douceur (comme la mienne). Entrez chez elles et observez-les vivre. Puis descendez dans la rue et déversez-y votre amour, étreignez ces passants qui n'ont pas, contrairement à vous, la bonne fortune d'être nés au milieu d'un clan indissoluble, avancez, formez une enfilade de fils et de filles, de cousins, d'ancêtres et de nourrissons, ajustez votre pas au rythme de votre cœur et ne sortez du rang que le temps de reprendre votre souffle. »

Cécile Derouin, 12 août

LE MONDE EST BIZARRE

Pour calmer mes anxiétés, ou du moins pour m'en détourner, mon psychiatre m'a suggéré un jour de commencer une *collection* (cartes postales, vieilles monnaies, sous-bock de bière, etc.) et d'y consacrer le maximum d'attention. J'ai joué un moment avec l'idée d'amasser des boîtes de sardines, ou des cuillères touristiques. Puis, un soir, j'ai entendu à la radio un éleveur de volailles friand de statistiques affirmer que les poulets ne pouvaient voler plus de treize secondes à la fois. Ça m'a donné l'envie de me mettre à consigner dans de petits calepins le maximum d'informations de ce genre. C'était entendu : j'allais constituer une *collection de faits méconnus*. Le saviez-vous ? À l'âge de pierre, toute la population de l'Europe aurait pu tenir sur le pont d'un de nos bateaux de croisière modernes. Au Kentucky, la loi oblige chaque citoyen à prendre au moins un bain par année. Au cours de sa vie, un être humain fait environ cent mille rêves. Vous êtes âgé de soixante ans ? Vous avez donc consacré à ce jour cinq années de votre vie à vous brosser les dents. J'empile chez moi des dizaines de calepins débordant d'observations comme celles-là. À la longue, quelque chose d'apaisant émerge de cette espèce d'encyclopédie : le sentiment d'être né et de vivre dans un monde plus bizarre et plus incompréhensible encore que moi-même.

Charles Handfield, 28 mars

26 DÉCEMBRE 2004

On dit: « se souvenir ». Mais, dans l'inextricable forêt d'une vie, peut-on jamais revenir sur nos pas, retracer l'emplacement exact de telle ou telle fougère froissée par notre propre passage ? Je croyais me souvenir avec beaucoup de précision de mon mari, mort en décembre 2004, lorsque le tsunami a frappé l'île indonésienne de Sumatra. Mais en définitive, et bien que je lutte de toutes mes forces pour éviter ça, il ne me reste de son image que quelques contours, une forme évidée. Peut-être nos âmes, nos consciences, nos mémoires ne sont-elles pas autre chose: un frôlement, une caresse déposée sur la surface creuse du temps.

Corinne Adenet-Louvet, 26 décembre

JOHNNY

Nous étions à l'époque quelques-unes, dans mon groupe d'amies, à assister fiévreusement à ses concerts, à découper dans les tabloïds la moindre de ses photos, à scotcher sur les murs de nos chambres les affiches exposant sous son meilleur jour son adorable visage de poupon. Puis, quand elles ont atteint l'âge de dix-sept ou dix-huit ans, toutes mes copines sont passées à autre chose. Pas moi. Et encore aujourd'hui (j'aurai soixante-neuf ans en août), je continue de vouer à cet homme une admiration, je dirais, *indubitable*. J'ai chez moi son œuvre intégrale, gravée sur quarante-cinq tours, que je chéris comme la prunelle de mes yeux. Lorsque la vie me malmène, ou que la solitude me pèse (je suis restée célibataire, et n'ai que très peu fréquenté les hommes), j'allume mon bon vieux tourne-disque et j'écoute *Un soir sans toi*, *La Paloma adieu*, ou *Si tu pars emmène-moi*. J'ai beaucoup pleuré en écoutant ces merveilleuses chansons, mais jamais autant que le 31 juillet 1997, lorsque le ciel nous a envoyé cette terrible épreuve, la mort, à cinquante-trois ans, de mon artiste préféré, de mon idole, de mon maître à penser : Jean-Yves Béland (mais je préfère toujours dire « Johnny Farago »). Vous devez certainement vous dire : « Cette vieille bonne femme est complètement cinglée. » Si c'est le cas, vous vous trompez. Ne m'avez-vous pas confié, tout à l'heure, vivre difficilement sans écrire ? À chacun son bâton sur lequel s'appuyer.

Monique Châteauvert, 6 juin

TROIS HEURES VINGT-DEUX

Je rentrais chez moi, très tard dans la nuit, lorsque l'auto a violemment heurté quelque chose. Le cerf qui un instant plus tôt traversait la route déserte agonisait à présent sur le sol, et son grand corps ensanglanté était secoué d'ultimes spasmes musculaires. Je ne savais pas à quoi me consacrer en premier : la douleur causée par les blessures, sévères, au flanc droit, ou la peur de la mort imminente, lisible dans ce regard dilaté par l'effroi. Je ne pouvais rien contre la première. Mais je connaissais suffisamment bien la seconde pour au moins tenter de l'adoucir. Un quart d'heure tout au plus a suffi à cette âme animale pour s'extirper de sa gangue de chair. Je n'aurai pas été pour elle, je le crains, le guide le plus sûr. Mais, cette nuit-là, le mourant s'est mystérieusement abandonné à ma caresse.

Ajay Singh, 30 avril

MÉMOIRE SÉLECTIVE

Il ne se passait pas grand-chose dans le petit village où j'ai vécu mon enfance. À part la pêche et quelques rares activités commerciales, la principale occupation pour sa population de cent quarante-six personnes était la contemplation de la mer. Les dimanches après-midi d'été, les gens installaient leur chaise pliante ou leur tabouret de bois sur la plage, s'y assoyaient, et, tout en conversant de choses et d'autres, regardaient les vagues venir terminer leur vie sur les galets et le sable gris. Souvent, quand le soir était doux, on s'attardait un peu puis on s'émouvait encore une fois du soleil rougeoyant qui lentement disparaissait sous la ligne d'horizon dessinée par les eaux du golfe. Ou alors, profitant des dernières clartés, on partait, un seau à la main, à la recherche de coquillages. Avec un peu de chance on apercevait, affleurant au loin, le large dos argenté d'un cétacé. Cette existence sans histoires à partir de laquelle j'aurais pu constituer un réservoir de merveilleux souvenirs était cependant troublée par la violence de mon père, les soirs (fréquents) où il poussait un peu trop loin sa consommation de whisky. Je ne sais pas bien comment, après avoir vécu toute mon enfance auprès de cet homme féroce, cruel et pervers, je suis arrivée à peu près saine d'esprit jusqu'à mon âge, aujourd'hui vénérable. Il faut croire que j'ai la mémoire sélective des survivants, ceux qui par un impératif processus mental recouvrent d'un gros morceau de toile les souvenirs difficiles, les images importunes. En fin de compte, on ne garde que ce qui nous sert. Autrement, on n'a aucune chance de s'en sortir.

Hélène Amirault, 5 septembre

CHAQUE JOUR QUELQUE PART DANS LE MONDE

Vous vous souvenez, n'est-ce pas, de l'aviateur Saint-Exupéry perdu dans le désert de Libye en 1935 ? Assoiffés, mourant presque, lui et son compagnon André Prévot y ont été sauvés *in extremis* par un Bédouin. C'est une histoire qui avait fait grand bruit dans mon pays, à l'époque. Je me souviens comme si c'était hier de ces nuits parsemées d'étoiles grosses comme des oranges où mon grand-oncle, assis en tailleur près de la tente, me faisait le récit de cette rencontre entre un des nôtres (un nomade du Sahara libyen) et deux hommes blancs secourus dans les dunes, à plus de quarante kilomètres de l'oasis de Siwa. Pour moi, ce récit était la beauté même : c'était celui de l'humanité tout entière, de son naufrage, de sa marche en avant, de son égarement, de sa soif puis de son salut, admirablement symbolisé dans ce rendez-vous avec elle-même. Ne me demandez pas comment il se fait que moi, un Arabe issu d'une lignée de nomades voyageant depuis des générations en pays berbère, je me retrouve aujourd'hui devant vous, au Québec, à vous raconter ceci. Les circonstances qui m'ont mené jusqu'ici importent au fond assez peu. Mais je crois que, par le jeu de rencontres comme la nôtre ici ce matin, l'épisode du sauvetage de Saint-Exupéry se reproduit en vérité chaque jour quelque part dans le monde. Et je sens, je sais déjà que vous retiendrez quelque chose d'essentiel de ce contact établi entre nous, et que je ferai de même.

Amattaken Azoulay, 26 août

LA STUPEUR

Par un matin radieux de septembre, un homme que je ne connaissais pas est venu frapper à ma porte et, bizarrement, m'a demandé s'il pouvait entrer chez moi quelques instants. La pâleur de fantôme qui décolorait son visage me laissait croire que quelque chose de terrible venait de se produire. Je l'ai prié d'entrer, de s'asseoir et de me dire ce que je pouvais faire pour lui. Ses gestes téléguidés, sa voix blanche, ses paroles décousues m'ont tout de suite déstabilisé : il me fallait vite me ressaisir, sinon, de cette rencontre avec sa peur allait naître un incontrôlable désordre de ma pensée. J'ai demandé : « Qu'avez-vous ? On dirait que vous n'êtes pas ici, avec moi, et que votre esprit lui-même n'est pas dans votre corps. » Il a paru alors reprendre au moins un peu de sa contenance. Puis, d'une voix tout à coup méconnaissable (comme s'il revenait subitement à lui-même) et pour ainsi dire étouffée de stupeur, il a murmuré ces mots : « Vous ne savez pas ? Allumez la télévision, vous verrez. New York est en émoi. Un avion de ligne s'est écrasé tout à l'heure dans l'une des tours jumelles du Word Trade Center. Ma femme, qui était au quatre-vingt-dix-septième étage, vient de m'appeler pour me faire ses adieux. »

Nathan Dupras-Gagnon, 16 octobre

ACCOMPAGNEMENT

J'étais plutôt vieille, à soixante-dix-huit ans, lorsque j'ai entrepris d'apprendre à jouer du violoncelle. Mais, oh, mon ambition n'était pas de rivaliser avec les grands maîtres : je cherchais simplement à agrémenter cette solitude forcée dans laquelle m'avait plongée, deux ans plus tôt, la mort de mon mari. Le violon, l'alto ou la contrebasse auraient pu aussi me tenter. Seulement, la hauteur, le timbre, l'intensité, l'expression des sons émis par le violoncelle me réconfortent davantage. On l'a beaucoup dit : c'est possiblement l'instrument le plus proche de la voix humaine. Mes progrès en tout cas ne sont pas trop mauvais, et j'arrive de plus en plus à jouer avec émotion quelques œuvres simples. Et puis voilà qu'une petite chose extraordinaire s'est produite l'autre jour. J'étais parvenue, le matin même, à une maîtrise acceptable d'un morceau évoquant un vif sentiment de légèreté printanière. De la fenêtre ouverte me parvenait le parfum des fleurs du parterre. Je voyais les feuilles doucement bouger, et la lumière changer selon la position et la vitesse des quelques rares nuages qui passaient au-dessus de la maison. À un moment, un petit oiseau est venu se poser sur la branche du lilas et a commencé à chanter, en s'appuyant sur la mélodie du violoncelle. Lorsque je cessais de jouer, il s'interrompait aussi. Puis je recommençais à frotter l'archet sur les cordes, et mon oiseau reprenait sa chanson, en parfait accord avec mes propres notes. Ce petit manège s'est poursuivi pendant plusieurs jours : j'ouvrais la fenêtre, je m'installais avec mon instrument, l'oiseau arrivait (m'espionnait-il, n'attendait-il que ce moment ?), et nous nous accompagnions mutuellement durant une heure. Puis il n'est plus revenu, et je suis restée avec la musique et le grand vide de la maison.

Rose-Aimée Langendorfer, 20 juin

SPIKE

Un jour, en retournant un peu plus profondément que d'habitude la terre de mon potager, j'ai découvert les ossements d'un chien de grande race. Son inhumation était ancienne : à peu près rien d'autre ne subsistait du corps que ces restes déjà à demi fossilisés. Ce qui avait été une médaille de zinc reposait toutefois à la base du cou. On avait tenu, manifestement, à ce que l'animal emporte avec lui son identité, peut-être à l'intention de ceux qui allaient l'accueillir dans l'éternité. Spike (c'était son nom) avait par ailleurs conservé la position dans laquelle l'avaient disposé ses maîtres, perpétuant dans le sommeil de la mort l'attitude méditative de ceux qui, le front penché, prient humblement leur dieu. Les mains barbouillées de terre, je songeais à ceux qui, agenouillés comme moi devant ce trou, avaient pour la dernière fois caressé ce front, prononcé ce nom naguère synonyme de courses, de jeux et d'amour. Chaque détail de cette pauvre tombe trahissait une peine secrète, absolument dénuée de faste et d'éclat. Et je me disais qu'à certaines époques de la vie, les plus favorables de nos prières restaient encore nos larmes discrètes.

Pierre-Olivier Champagne, 4 novembre

LA LEÇON DE MON PÈRE

Le matin du 4 septembre 1970 j'ai décidé, plutôt que de suivre le chemin de la petite école, de prendre par le sentier des Forestiers et de passer la journée dans les bois entourant le village. Comme toujours, je faisais le brave et me prenais déjà pour un homme, ce qui en général chez les très jeunes gens n'annonce rien de bon. Le temps était encore doux, mais, peut-être pour ajouter à mon fier sentiment de rébellion, j'ai sorti de ma poche la boîte d'allumettes volée plus tôt à mon père et j'ai fait un feu (chose qui m'était encore rigoureusement interdite). Mon peu d'expérience en la matière a vite tourné au désastre. Le brasier s'est propagé rapidement, et a transformé une grande partie de la forêt en un indescriptible enfer. Les sapeurs-pompiers, assistés dans leur tâche colossale par de nombreux hommes des villages environnants, ont mis presque une semaine à venir à bout de l'incendie. Personne heureusement n'a péri dans ce drame, mais, rongé par le remords, j'ai eu personnellement la mort dans l'âme durant toute l'année suivante. Mon père, qui contrairement à tant d'autres de son âge ne faisait pas semblant d'oublier qu'il avait lui aussi été un enfant plein d'étourderie, est venu me trouver un jour dans ma chambre. « Suis-moi » sont les seuls mots qu'il a prononcés. Puis nous sommes retournés tous les deux sur les lieux de mon crime, la vaste plaine où poussait autrefois la forêt d'épinettes. Une surprise de taille m'attendait là : le sol de toute cette région incendiée, désormais très riche en matière organique et, surtout, recouvert de cendres à haut degré d'acidité (pH d'environ 5), était devenu en l'espace d'un an le berceau d'une immense bleuetière. Partout, d'innombrables grappes de ces petits fruits pendaient aux branches des arbrisseaux. Ma plus grande leçon demeure peut-être celle que mon père m'a prodiguée ce jour-là. « Ne cueille pas les bleuets dès qu'ils sont bleus », me dit-il en se penchant sur un bleuetier. Puis, effleurant de ses gros doigts une grappe : « Laisse-les sur la branche quelques jours de plus pour qu'ils développent leur douceur. Puis, secoue légèrement le tout. Les baies mûres te tomberont dans la main. Il y a de ces fruits qui mettent plus que d'autres un certain temps à révéler ce qu'ils sont réellement. »

Jean-Denis Gagnon, 22 mars

UNE VIE SIMPLE

Regardez mon corps : ce teint hâlé, ces yeux bridés et comme plissés sous l'effet de la plus pure lumière du jour, ces cheveux plus noirs que le jais, cette physionomie à la fois trapue et allègre, typique des peuples du plateau himalayen. Pas de doute possible, je suis Tibétain. Avant de quitter mon pays pour venir ici, j'ai été moine bouddhiste dans un monastère presque entièrement coupé de la civilisation. Mes camarades et moi cultivions un potager, nous élevions quelques chèvres et un petit troupeau de moutons, et fabriquions nous-mêmes tout le nécessaire à notre existence : nourriture, boissons, vêtements, outils. Une bonne partie de notre temps était consacrée à la prière. J'ai vécu ainsi durant quinze fabuleuses années. Ensuite divers événements de nature politique m'ont forcé à l'exil, et voilà, je suis arrivé dans votre beau pays. En un sens, j'ai poursuivi ici ma vie monastique. Je continue de prier et de me contenter de peu de chose. Oh, j'ai bien essayé de vivre autrement, par exemple en achetant beaucoup d'objets, en me conformant à certains impératifs de la vie économique qui règle le monde. Mais je ne suis pas parvenu au degré de bonheur que je recherchais. Ce qu'il y a, c'est que je suis heureux avec rien. Je suis heureux dans la vie que j'ai reçue.

Ne ressentez-vous pas, certains jours comme celui-ci, que la vie, la vie véritable, n'est pas faite d'événements marquants, mais de moments infiniment simples ?

Pasang Pünkhang, 4 juillet

RETOUR À LA VIE NORMALE

L'air était tiède, et le sol de la forêt jonché de feuilles. Les chasseurs d'orignaux et d'ours étaient venus, puis repartis, et maintenant il n'y avait plus personne dans les bois. Je marchais au hasard depuis une heure environ lorsque j'ai senti sous mon pied le contact dur du métal. Une fraction de seconde plus tard le piège jusque-là dissimulé sous les feuilles m'enfonçait ses dents acérées dans la cheville. La douleur, éclair rouge parcourant instantanément tout le réseau nerveux, a déroulé sa brûlure jusque dans mes épaules. Puis je me suis effondré et j'ai perdu conscience. Le crépuscule allongeait ses ombres lorsque j'ai à peu près retrouvé mes esprits. Une sorte de somnolence douloureuse et vaguement inquiète, paralysante, empêchait toute initiative de ma part. Je restais là, étendu, le piège solidement refermé sur ma cheville cassée, vidé de volonté et d'espoir, non pas prêt à mourir, mais atrocement détaché de ma vie. Je ne sais plus combien de temps s'est écoulé ensuite, mais je crois me souvenir avoir vu la lune parcourir un cycle complet, puis à son tour le soleil, et encore quelques étoiles se déplacer au-dessus des arbres. Des passants qui m'ont aperçu, gisant à demi mort sur le plancher de la forêt, m'ont finalement sorti de ce pétrin. J'ai eu l'étrange impression, quand ils m'ont soulevé de terre, d'être dégagé de mon tombeau. Il faisait jour à présent, la lumière était pâle, et tandis que j'étais transporté sur mon brancard de fortune, je me rappelle avoir songé que j'allais être en retard pour payer le gaz.

Jean-Christophe Buisson, 11 septembre

L'HOMME LE PLUS SEUL DE L'UNIVERS

Mon amitié avec Michael Collins remonte à 1952, année où nous avons tous les deux joint l'Armée de l'air américaine et été affectés à la base aérienne de Columbus, dans le Mississippi. Nous apprenions à l'époque les rudiments du pilotage en volant sur un *North American T-6 Texan*. De nous deux, Michael a toujours été le plus doué. Il est vite devenu en tout cas un pilote hors pair. Ce succès, jumelé à sa forte attirance pour les programmes d'exploration spatiale naissants, l'a naturellement conduit, je dirais, à se porter candidat pour devenir astronaute à la NASA. Son travail acharné, sa constance, son courage et son immense talent ont porté leurs fruits : le 16 juillet 1969, mon ami s'embarquait pour la Lune. Rappelez-vous : la mission Apollo 11 avait pour objectif de faire débarquer pour la première fois des hommes sur cette grosse roche qui nous sert de satellite naturel. Et en effet, quatre jours plus tard, Neil Armstrong et Edwin « Buzz » Aldrin sont devenus les premiers humains à y poser les pieds, tandis que Michael est resté seul, en orbite, à piloter le module de commande. Il a fait vingt-neuf fois le tour de la Lune, puis est allé récupérer ses compagnons de voyage. Tous les trois sont ensuite rentrés à la maison, et leurs noms ont été inscrits à jamais dans l'Histoire. Voilà, c'est à peu près comme ça que les choses se sont passées. Un soir quelque temps plus tard, tandis que Michael, sa femme et moi-même étions assis dans leur jardin de Marco Island, en Floride, Patricia lui a demandé : « À quoi occupais-tu tes pensées, là-haut, pendant que Neil et Buzz ramassaient les cailloux ? » La question était bonne. Je connaissais suffisamment mon ami pour savoir qu'il avait très certainement joué là-haut avec quelques idées bien à lui. Mais il ne s'était jamais confié très précisément à ce sujet. « Je pensais à l'impôt, a-t-il répondu finalement, à ce jardin qu'il fallait désherber, et aussi à mon auto, qui à ce moment-là faisait un peu d'huile. » Patricia s'est étonnée, puis, sur un ton de doux reproche, lui a dit ces mots : « Quoi ? C'est tout ? Rien de plus... transcendant ? Mais, chéri, n'étais-tu pas alors presque assurément *l'homme le plus seul de l'univers* ? Quelle expérience ! Quel vertige rien que d'y songer ! » Et elle avait raison, bien sûr. Seulement, Michael a rétorqué : « J'ai depuis longtemps épuisé toute idée de transcendance. J'ai exploré, c'est vrai, un monde extérieur à celui de tous les hommes, radicalement inconnu de la vaste majorité d'entre eux. Mais je n'ai pas ressenti que ce monde était si différent de celui dans lequel il faut payer de l'impôt, désherber le jardin ou réparer le carter de ma voiture. Je suis allé bien loin, et, c'est vrai, j'ai été bien seul. Mais je n'ai au fond jamais quitté ce jardin. »

Liam Torres, 30 juillet

MATHUSALEM

Je tiens à le dire : ma famille, l'une des plus respectables de Californie, ne compte dans ses rangs aucun criminel. Et pourtant, mon grand-père paternel a passé cinq ans (de 1931 à 1936) dans une cellule de la prison de Big Pine (comté d'Inyo). Pour quelle raison ? Figurez-vous qu'il a malencontreusement abattu à la hache Mathusalem, un gigantesque pin de Bristlecone âgé de quatre mille sept cent soixante-deux ans, considéré à l'époque comme le plus vieil arbre du monde. Ce géant de la forêt, vénéré mais piètrement surveillé et protégé par la communauté locale, surpassait en âge, prétendait-on avec orgueil, le fameux Figuier des pagodes, planté il y a si longtemps à Anuradhapura, au Sri Lanka, et sous lequel le Bouddha lui-même se serait assis pour méditer. Quoi qu'il en soit, mon grand-père, jugé et déclaré coupable un an après son crime involontaire, a été condamné pour *dommages au patrimoine naturel mondial*. Ah, mais qu'importe, à présent, ce malheureux événement : si vous passez un jour par Big Pine, arrêtez-vous donc au 12 Indian Creek Street. C'est l'adresse de la modeste maison de grand-papa, entièrement construite par lui en 1930 à partir du bois de cet arbre transformé en planches. Vous ne pouvez pas vous tromper : une petite plaque de laiton, fixée au-dessus de la porte, indique le nom dont on a, depuis, baptisé ce lieu devenu historique : *La maison de Mathusalem.*

Anderson Meunier, 9 janvier

SIX OU SEPT SECONDES CAPITALES

Quand il était encore très jeune, mon petit frère Vincent, déjà passionné de hockey, vouait une admiration sans bornes au gardien de but Gump Worsley. Je m'enthousiasmais pour ma part en ce temps-là pour la littérature et les écrivains. Le jour de ses quatorze ans, mon frère a obtenu l'autorisation de nos parents d'assister le soir même, et sans eux, au match que disputaient les Canadiens de Montréal contre les Bruins de Boston. La seule condition à cette extraordinaire marque de confiance, ce pas décisif sur la voie de l'autonomie et de la liberté, était que je l'accompagne au Forum (j'avais deux ans de plus que Vincent et devais représenter, j'imagine, une figure d'autorité fiable et sécurisante aux yeux de papa et maman). Mon frère a accepté de bon cœur cet arrangement en définitive tout à fait convenable. Nous sommes partis tous les deux de la maison familiale vers dix-huit heures, après avoir englouti à toute vitesse et à même sa barquette d'aluminium le contenu de notre *TV Dinner* (très en vogue à l'époque). La portion du trajet dans les beaux wagons bleus du métro récemment inauguré a constitué une formidable introduction à cette soirée de fête. Mais la remontée à la surface a été plus mémorable encore. Trois quarts d'heure restaient à s'écouler avant le début du match. Nous avons voulu profiter de ce temps pour flâner un peu sur la rue Sainte-Catherine, nous imprégner de son atmosphère pour nous (qui ne quittions guère notre quartier reculé de l'Est de la ville) si irrésistiblement exotique. Les bras ballants, le nez au vent, nous déambulions en rêvassant lorsque, à l'angle de *la Catherine* et de l'avenue Atwater, a surgi devant nous l'idole incontestée de mon frère. Gump Worsley, marchant d'un pas rapide, le regard cloué au sol, le corps un peu penché en avant pour ne pas se faire reconnaître, nous a vus trop tard et est entré en collision avec mon frère. Ce qui suit s'est déroulé en l'espace de quelques secondes, six ou sept au maximum. Visiblement et sincèrement navré, le gardien de but s'est confondu en excuses. « Désolé, mon gars », a-t-il dit en s'adressant à Vincent avec son fort accent anglophone. Puis, sortant de la poche de son costume un formidable stylo-plume Waterman de couleur ivoire et un paquet d'allumettes, il a signé son nom sur celui-ci, l'a glissé dans la main de mon petit frère puis s'est enfui presque en courant vers la porte d'entrée du Forum, où, bien évidemment, il était attendu. Mon frère en a été si bouleversé qu'il en a vomi sur le trottoir. J'étais quant à moi tellement sous le charme de ce fameux stylo-plume que je me suis promis ce soir-là d'en posséder un semblable un de ces jours. Ce jour est arrivé vingt années plus tard : pour célébrer la publication de mon premier roman, je me suis rendu avec beaucoup d'émotions dans une boutique de la rue Sainte-Catherine et me suis procuré mon premier stylo-plume Waterman (de couleur ivoire !). Je suis allé de ce pas chez Vincent pour le lui montrer. Il a profité de l'occasion pour ressortir de ses affaires son précieux paquet d'allumettes autographié. Nous avons contemplé un instant dans un silence plein de joie nostalgique nos deux objets fétiches, symboles parfaits de notre jeunesse si fervente. Puis mon frère m'a aimablement jeté à la porte, parce qu'il devait bientôt prendre la route. « Tu le sais bien, m'a-t-il rappelé, je préside ce soir à Québec la réunion annuelle des Collectionneurs de paquets d'allumettes ».

Marcel Bovet, 1er avril

MON AMI PABLO

La vie n'était pas facile en Colombie dans les années 1980. Le chômage, surtout, affectait beaucoup les jeunes personnes comme moi qui n'avaient pas eu accès aux études et qui devaient, pour survivre, enfiler les petits boulots médiocres. À un moment, écœuré de cette vie de misère, je me suis mis à fréquenter les milieux plus ou moins interlopes et à effectuer certaines tâches (assez lucratives) pour le compte de petits truands. Mon habileté, ma ruse, ma discrétion et ma grande efficacité ont fini par me forger une réputation enviable auprès de gens, disons, *haut placés*. Un jour, le multimilliardaire trafiquant de cocaïne Pablo Escobar m'a convoqué dans une maison de Los Olivos, un quartier de la classe moyenne à Medellín. À la fin de cette rencontre (tout au long de laquelle deux gorilles armés jusqu'aux dents m'ont tenu étroitement encadré), j'étais formellement engagé comme fournisseur officiel d'élastiques. Il faut dire qu'à cette époque, le cartel dépensait des milliers de dollars chaque mois en élastiques juste pour tenir les liasses de billets. « C'est un début, m'a dit le patron en tirant sur son gros cigare. Si tu travailles bien, tu graviras les échelons. » Pendant quatre ou cinq ans, je me suis donc débrouillé pour que les gars ne manquent jamais de ces étroites bandes de caoutchouc (obtenues à bon prix sur le marché noir). Puis, manque de chance : le 2 décembre 1993, au moment où Pablo, très satisfait de mes services, s'apprêtait à me confier « des tâches plus sérieuses » (c'était son expression), la police nationale colombienne lui a envoyé une série de projectiles dans le torse et dans la tête. Pour dire les choses franchement, ça m'a secoué. Pas assez pourtant pour que je renonce, sur le coup, à ma carrière dans l'organisation. Mais six mois plus tard, le cartel de Medellín, affaibli par la mort de son chef, était avalé par le cartel de Cali, idéologiquement beaucoup plus proche des élites économiques du pays. Ce copinage avec les grosses légumes de la finance, ça m'a dégoûté. J'ai négocié mon départ avec les hommes de Pablo, puis je suis venu au Canada pour refaire ma vie. J'ai reçu ici beaucoup d'aide de la part de gens merveilleux, et on peut dire que grâce à eux j'ai plutôt bien réussi. Mais je vais vous dire une chose : chaque fois que j'utilise un de ces petits élastiques, je repense à ce bon Pablo, qui, le premier, m'a donné ma chance.

Anonyme, 2 octobre
(propos recueillis par lettre)

LA BAGUE

D'aussi loin que je pouvais me souvenir, ma mère avait porté au doigt une bague surmontée d'une magnifique bénitoïte bleue, dont l'éclat et le feu attisaient irrésistiblement ma curiosité. Un jour, tandis que maman était endormie sur le sofa, j'ai pris délicatement sa main dans la mienne, retiré avec mille précautions la bague et suis repartie sur la pointe des pieds avec le beau bijou dans ma poche. Mon intention de petite fille n'était pas d'agir malhonnêtement en revendant par exemple la bague, ou en l'échangeant à une amie du voisinage contre quelque objet longtemps convoité. Je comptais simplement me cacher dans un coin pour admirer à mon aise les reflets si séduisants de la bénitoïte, puis, au terme de cette observation minutieuse et émerveillée, rapporter le bijou à sa propriétaire. Tout l'après-midi s'est passé pour moi à faire miroiter dans la lumière du soleil les ravissantes facettes bleues de la pierre, à caresser du bout de mes doigts ce minéral si divinement étincelant. Quand j'ai finalement quitté ma cachette et que je suis rentrée à la maison, j'ai trouvé maman en pleurs, accablée par la perte de sa bague, qu'elle croyait avoir laissée sans s'en apercevoir glisser de son doigt. J'étais moi-même assez catastrophée : comment rendre son bien à ma mère sans avoir à lui avouer mon crime ? L'absurdité de mon geste si irréfléchi me frappait subitement. J'ai passé la soirée et la nuit suivantes à me questionner sur la manière de résoudre ce problème difficile. Le matin d'après, dans un grand geste de soumission, je suis allée rejoindre maman dans son lit et, penaude, craignant le pire, je lui ai rendu la bague en lui expliquant d'une voix tremblotante la façon dont elle avait parcouru la distance entre son auriculaire et le fond de ma poche. Je craignais non seulement de subir les foudres de sa colère, mais aussi de perdre à jamais sa confiance et son amour. C'était sans compter sur la perspicacité et la bonté de cette femme d'exception. J'entends encore distinctement ses mots, prononcés sur un ton de sévérité tendre : « Tu aimes donc à ce point cette bague ? Eh bien, garde-la, je te la donne. Ton amour de la beauté le vaut bien. »

Maude Trottier, 1er février

MORTE DE SA BELLE MORT

Nous venions de traverser mon mari et moi une période particulièrement houleuse. Il nous semblait à présent évident que notre belle complicité des débuts était agonisante, et qu'à brève échéance notre couple autrefois si harmonieux et amoureux était condamné. La séparation s'est effectuée dans le calme mais, tout de même, pour moi, avec un sentiment confus d'inachèvement. Thomas est parti vivre en ville dans un appartement qu'il a meublé avec la moitié de nos meubles, et j'ai pour ma part gardé la maison et l'autre moitié du mobilier. J'ai aussi pu conserver le chien, qui de toute manière était maintenant trop vieux pour monter et descendre deux fois par jour l'escalier de l'immeuble où vivait Thomas. Un an s'est écoulé sans que je parvienne à au moins un peu refaire ma vie. Je m'enlisais dans les souvenirs (dont même les plus malheureux ne me paraissaient plus, avec le recul, aussi dommageables). Je repoussais les avances des hommes. Je me morfondais, et refusais toute modification à la décoration de la maison qui aurait pu marquer le début d'une ère nouvelle. J'ignorais tout, par ailleurs, de l'existence menée de son côté par Thomas. J'étais tentée dix fois par jour de l'appeler, mais craignais de l'entendre me dire que tout était irrémédiablement fini entre nous et qu'il me fallait désormais aller de l'avant, entamer avec lui les procédures de divorce puis reconstruire avec un autre ma vie amoureuse. Lassée, épuisée et vaguement dégoûtée de moi-même, j'ai finalement décidé de changer d'attitude et d'en finir avec cet atermoiement paralysant. Un matin, je suis descendue au jardin avec une pelle et j'y ai enfoui profondément dans la terre la bague que mon mari m'avait glissée au doigt le jour du mariage. Dans mon esprit, j'enterrais symboliquement cette union morte de sa belle mort. C'était un geste en apparence puéril, mais qui me permettait dans les faits de rompre avec le passé et d'ouvrir un tout nouveau chapitre de ma vie post-Thomas. J'étais fière de moi : je redressais la tête et regardais au loin. Une semaine a passé. Un jour, alors que j'étais allongée dans le hamac, le chien est arrivé avec sa truffe et ses pattes souillées de terre et la bague dans la gueule, qu'il a délicatement déposée sur mon ventre. J'ai trouvé l'affaire si cocasse que, pour la première fois en un peu plus d'un an, j'ai saisi mon portable et appelé Thomas pour lui raconter la chose. Après avoir beaucoup ri ensemble nous avons pris des nouvelles l'un de l'autre, puis il m'a annoncé qu'il fréquentait une femme depuis un moment et qu'il souhaitait maintenant que nous divorcions. Je l'ai assuré de ma collaboration, bien sûr, et, franchement, j'étais heureuse pour lui. Ensuite nous avons encore bavardé pendant un moment, puis nous avons raccroché. Je suis restée dans le hamac, comme absorbée, pendant environ un quart d'heure. Puis je me suis levée, je suis allée chercher la pelle dans la remise et j'ai creusé un nouveau trou au fond duquel j'ai de nouveau enfoui la bague. Et cette fois, j'ai bien fait comprendre au chien qu'il n'y avait plus d'exhumation possible.

Françoise Campbell-Brosseau, 17 octobre

CE SOIR-LÀ

Nous étions attablés tous les deux à notre restaurant favori. Le serveur, qui avait été mis dans le coup, n'attendait que le signal discret de ma compagne pour baisser de quelques degrés l'éclairage. C'est ce moment que Laurence a choisi pour me demander en mariage. Surpris mais ravi, je me suis empressé d'accepter la proposition de cette femme merveilleuse. La soirée s'est déroulée à la perfection : nous dégustions des plats exquis, sirotions un vin d'excellente qualité, discutions plaisamment de tout et de rien et, surtout, nous laissions se répandre en nous le si stupéfiant sentiment amoureux que nous avions laissé naître au tout début de l'été. Vers les onze heures, lorsque, enlacés, nous sommes sortis sur le trottoir, j'ai senti l'air vif de cette nuit de septembre frôler délicieusement mon visage et aviver mes sens. Ma vie tout à coup m'est apparue étonnamment claire, et comme allégée. Il me semblait que tout ce que j'avais vécu jusqu'à présent, tout dans les moindres détails, avait été orchestré par je ne sais quelle volonté dans l'unique objectif de me mener à cette soirée marquée par le sceau du bonheur. Je me souvenais de ma découverte, à seize ans, des poèmes de Baudelaire, d'une certaine descente à ski, au printemps, sur le glacier de Stubaï, en Autriche, d'un soir de fin d'été sur un bateau à voiles au large des côtes turques.

Du plaisir intense éprouvé, durant l'enfance, au moment d'enfiler mon pyjama après une longue journée, du plaisir aussi de commencer, à l'école, un nouveau cahier de notes au papier encore tout craquant. De la joie très pure qui me traversait quand j'écoutais le bruit de la pluie sur le toit, de mon agitation émue les matins de première neige, et l'espèce d'exultation rêveuse à l'idée de donner, par l'effort de l'imagination, un sens à ma vie. Oui, on peut le dire : j'étais ce soir-là impeccablement heureux, et je mesurais ma chance de n'avoir jamais connu de frissons suicidaires, de ténébreuses tempêtes, d'inextinguibles soifs d'absolu. Simplement, mon bonheur était une habitude que j'avais cultivée, une plante soigneusement arrosée qui à présent donnait ses fruits les plus beaux.

Jean-Luc Deschênes, 11 novembre

FAUSSE BALLE, VRAIE SAGESSE

J'avais dix ans et j'aimais passionnément frapper des balles avec une batte. Le baseball lui-même ne m'attirait pas tant, mais j'adorais le bruit sec de l'impact du projectile contre le bois, et le sentiment de puissance que me donnait le spectacle de cette petite sphère cousue de fil rouge filant à toute allure dans le ciel. Un matin, emporté sans doute par mon excitation, j'ai envoyé avec une force que je ne me connaissais pas virevolter la balle dans le carreau de la chambre de mes parents. Je ne l'ai su que bien après, mais il se trouve que papa et maman étaient à ce moment précis dans leur grand lit en train de faire l'amour. Époustouflante synchronicité : la balle, apparemment, est allée atterrir (durement) dans les reins de papa au moment précis où les premiers spermatozoïdes entamaient leur course folle vers l'ovule. Il n'est pas utile de décrire par ailleurs les dommages matériels causés par ma *fausse balle*, et ma fuite rapide derrière la haie (pour retarder au moins un peu le face-à-face avec mon père). Bien plus intéressant est le fait que mon petit frère, né neuf mois plus tard presque jour pour jour, a très tôt dans sa vie développé le même goût que moi pour les balles frappées. Aujourd'hui encore, il nous arrive assez souvent de nous réunir et de fendre le ciel de quelques petites sphères cousues de fil rouge. Et toujours nous nous souvenons de la consigne de papa : surtout, se tenir sagement éloignés des fenêtres.

Charles Bailly, 29 décembre

LE PLUS BEAU JOUR DE MA VIE

Mon père avait quitté ma mère pour une autre femme plus conciliante et je vivais, depuis, seule avec maman. Ce départ houleux m'avait accablée surtout parce que j'adorais papa et que je craignais de ne plus le revoir. Un jour, peu après la séparation, maman m'a sévèrement punie pour une faute que je n'avais pas commise. La sentence, prononcée sans appel, m'a scandalisée au point que j'ai tout de suite cherché à me venger. Je me suis dit : « Disparaissons un moment, le temps qu'elle s'inquiète, réfléchisse un peu et regrette de m'avoir traitée aussi injustement. » Tous les psychologues pour enfants vous le diront : c'était bien évidemment une façon inconsciente pour moi d'accabler maman non pas pour ce châtiment non mérité, mais pour avoir jusqu'à un certain point provoqué le départ de papa. Mais je ne souhaite pas aujourd'hui entrer dans ces détails. Toujours est-il que j'avais été envoyée dans ma chambre et sommée d'y rester jusqu'à nouvel ordre. Il y avait, dans notre salle à manger, un immense vaisselier de style Empire Napoléon, essentiellement vide, qui embellissait très approximativement notre maison par ailleurs sans charme. Un moment m'a suffi : tandis que maman était sortie pour étendre la lessive, j'ai quitté la chambre et suis allée me glisser dans le corps inférieur du vaisselier. Mon intention était d'y rester cachée jusqu'à ce que ma tourmenteuse, ayant découvert la chambre vide, commence à se ronger sérieusement les sangs. Dix minutes tout au plus ont dû passer avant que, recroquevillée dans mon antre, je m'endorme à poings fermés. Des bruits que je ne connaissais pas, des voix inconnues, une agitation très inhabituelle, et, surtout, les pleurs de maman et la voix chaude et grave de papa (revenu !) m'ont à un moment tirée du sommeil. Entrouvrant avec d'infinies précautions la porte du vaisselier, j'ai aperçu mes parents visiblement atterrés qui allaient et venaient dans la pièce, et deux policiers, l'un qui posait des questions, l'autre remplissant de notes son calepin. La conversation, en gros, tournait autour de ma disparition et de mon possible kidnapping. J'apprenais avec une sorte de stupéfaction hallucinée, en captant ici et là des bribes de ce petit échange, que pas moins de vingt heures s'étaient écoulées depuis mon arrivée dans le vaisselier. J'avais dormi tout ce temps, tandis qu'autour de moi on s'énervait, me cherchait partout (sauf dans un meuble de style Empire Napoléon), consultait la police et envisageait le pire. Ma sortie au grand jour a été spectaculaire. Ankylosée au possible, je me suis néanmoins précipitée dans les bras de mon père et l'ai couvert de baisers. Ma mère, en me voyant réapparaître si subitement, s'est effondrée, inconsciente, pâle comme un fantôme, sur le plancher de la salle à dîner. Les policiers quant à eux restaient sur place, les bras ballants et les épaules un peu voûtées, avec leurs grosses moustaches immobiles. Oh, je savais bien que papa allait repartir et que je me retrouverais à nouveau seule avec maman. Mais pour l'instant j'étais enlacée par lui et j'enfouissais mon visage dans sa fine chemise hawaïenne. C'était le plus beau jour de ma vie.

Claudette Gariepy, 8 avril

CHANGEMENT DE CAP

Comme des millions d'autres jeunes gens de notre âge, nous vivions de notre mieux, mon ami Rémi et moi, nos transitoires années d'adolescence. Par une chaude soirée de l'été 1974, après avoir flâné et fumé beaucoup de cigarettes dans les rues et les parcs du quartier, nous nous sommes arrêtés à notre casse-croûte favori. Nonchalamment accoudés au comptoir, nous sirotions un *coke* en discutant de nos obsessions courantes (les filles, la musique) et, plongeant les doigts dans nos *casseaux* débordants, nous avalions sans y penser quelques bonnes frites bien graisseuses. À un moment, Rémi, absorbé par la conversation, a saisi sans le réaliser un énorme scarabée frit (apparemment égaré parmi les monceaux de patates stockées dans la cuisine) et l'a porté à sa bouche. Tétanisé, et comme hypnotisé par cette vision de mon ami engloutissant un coléoptère obèse passé à la friture, je n'ai rien pu faire pour freiner son geste. Une seconde plus tard, l'insecte se brisait entre les dents de Rémi. Le craquement de la carapace concrétée par la cuisson à 375 degrés Fahrenheit m'a semblé alors sortir par la porte restée ouverte, monter au ciel, puis répandre son écho dans toutes les rues, les parcs, les stationnements et les arrière-cours du quartier. Il serait sans doute exagéré de dire que cette expérience a provoqué dans l'esprit et le corps de Rémi un trouble de stress post-traumatique. Mais le végétarisme très militant qu'il pratique depuis ce soir-là demeure sans contredit le tournant le plus durable qu'il ait imposé à sa vie.

Alain Rainier, 16 janvier

DEUS ENIM HUMOR

Mes parents, désespérés de ne pas voir fleurir en moi un quelconque sentiment religieux, espéraient m'inculquer au moins le sens des responsabilités en poussant ma candidature comme servant de messe. Le curé de notre village, un curieux petit homme mesurant à peine plus de 5 pieds, ne comptait pas trop sur ma ferveur pratiquante. Mais puisque papa et maman contribuaient chaque semaine plus que généreusement à la dîme, j'ai vite été convoqué à l'église pour une formation d'*acolyte*. Ce type de servant, le plus bas dans la hiérarchie officielle, était l'équivalent de l'homme à tout faire. J'accomplissais dans une indifférence formidable les multiples tâches que me commandait ce rôle. On n'avait, je crois, jamais vu sur l'autel autant de désinvolture dans les attitudes et les postures, dans l'usage du mobilier, du linge et des objets liturgiques (notamment les vases sacrés), dans le port des vêtements et parements, dans les prières (le Je confesse à Dieu, surtout, m'incitait beaucoup au sommeil), dans le transport des burettes et des cierges et dans le maniement de la clochette au moment de l'Élévation. L'une de mes tâches consistait, quand venait le temps de l'Offertoire, à verser de l'eau sur les mains du curé. Plus de soixante années se sont écoulées depuis cette époque, et pourtant je n'arrive toujours pas à comprendre ce qui a pu me passer par la tête durant la messe du dimanche 24 mai 1959. J'étais en tout cas, comme on me l'avait bien enseigné, planté aux côtés du curé qui, dans les instants précédant la Consécration et la Communion, s'affairait à l'offrande du pain et du vin. À un moment, il a prononcé de sa voix un peu nasillarde ces mots rituels : « Humbles et pauvres, nous te supplions, Seigneur, accueille-nous : que notre sacrifice, en ce jour, trouve grâce devant toi. » Puis il a placé ses mains au-dessus du petit lavabo, et c'est là que les choses ont mal tourné. J'étais censé verser l'eau sur ces mains-là, mais à la place j'ai élevé très haut ma grande burette et j'ai (intentionnellement) vidé son contenu sur la tête, si irrésistiblement à ma portée, de notre curé menu. Les cheveux, mais surtout la chasuble, l'aube et l'étole ont été vite imprégnés du liquide consacré. De la foule rassemblée sur les bancs de bois est montée une rumeur scandalisée. Le curé quant à lui, paralysé par un étonnement extrême, gardait ses mains figées au-dessus du lavabo, comme s'il attendait encore que l'eau lui arrive sur les doigts. Mais le plus intéressant est peut-être ceci : en dépit des apparences et de ces débuts difficiles, j'ai obtenu bien des années plus tard mes lettres de prêtrise, ou, si vous préférez, mon certificat d'ordination (délivré par l'évêque de mon diocèse). Oh, mais ne soyez pas si surpris. Si vous y réfléchissez bien, et si vous vous attardez le moindrement aux innombrables trouvailles présentes dans la nature, vous constaterez comme moi que Dieu Lui non plus ne manque pas d'humour. C'est, aux dépens de tout le reste, ce qui m'a toujours attiré en Lui.

Jean-Claude Bachelier, 19 août

AUTOUR DE LA POMPE

Dans les années 1930, mes grands-parents vivaient à Duparquet, petit village situé non loin de la frontière ontarienne dans le comté d'Abitibi. Tous les deux étaient propriétaires à parts égales (chose rare à l'époque) d'un modeste atelier de réparation mécanique, célèbre dans la région pour sa pompe à essence d'un rouge flamboyant, plantée sur le bord de la route et surmontée de son emblématique enseigne Shell jaune en forme de coquille Saint-Jacques. Lorsqu'un client arrivait à bord de son auto ou de son pick-up pour le ravitaillement, grand-père devait tout interrompre et parcourir à la course les 150 pieds séparant la maison de la pompe. Grand-mère, moins rapide, le suivait à petits pas avec un chiffon à la main puis, parvenue au véhicule, astiquait avec zèle le pare-brise, les phares et la lunette arrière. C'était elle aussi qui s'occupait de récolter auprès du chauffeur les quelques cents que coûtait, dans le temps, un plein de carburant. Les affaires étaient plutôt bonnes : avec en poche leurs profits de trente-deux dollars par semaine, grand-père et grand-mère se rendaient tous les mercredis au magasin général et s'offraient un pain, une demi-livre de beurre, une pinte de lait et deux bons gros steaks (1,10 $ au total). Les autres jours étaient plus *maigres*, comme on disait, mais tout compte fait mes grands-parents n'étaient pas à plaindre. Dans l'atelier, lorsque grand-mère manipulait un peu vitement un joint de culasse et qu'elle tachait de cambouis sa robe de laine, elle sortait en hâte avec son chiffon pour se rendre à la pompe, de laquelle elle extrayait quelques gouttes de pétrole. Puis, à l'aide de ce produit nettoyant miracle, elle frottait le tissu jusqu'à ce que disparaisse la tache graisseuse. Une fois l'an, grand-père repassait au pinceau une couche de rouge sur la pompe, et de jaune sur la coquille Saint-Jacques. Par hasard, ou sinon par la perverse volonté de Dieu, il y avait toujours davantage de demandes de ravitaillement les jours de pluie, ce qui chaque fois obligeait mes grands-parents à tout interrompre et à se précipiter vers la pompe sous les trombes d'eau. Les dimanches, quand il faisait beau, on venait de loin avec des chaises pliantes pour s'asseoir autour de la pompe et faire la conversation avec eux. Puis on repartait, et alors tous les deux rentraient dans la maison pour le souper. Quarante années ont passé à ce rythme, ponctuées de ces petits événements sans importance. Puis, à deux ans d'intervalle, grand-père et grand-mère sont morts. La maison, l'atelier et la pompe ont été vendus, pour bientôt céder leur place à une station d'essence moderne libre-service. Il ne se trouve plus personne de nos jours, à Duparquet, pour se remémorer ces deux existences qui gravitaient autour de la pompe. Mais quand j'y retourne, je fais le plein à cette station libre-service et j'imagine grand-mère venir à moi en trottinant, un chiffon à la main.

Bruno Couture, 25 janvier

LES ÊTRES AIMÉS

Hier, Émilio est mort. Le rendez-vous à la clinique était prévu pour onze heures. Je me suis levé tôt, me suis rasé de près, j'ai pris un bain et soigneusement coiffé mes cheveux. Puis j'ai méthodiquement enfilé mon plus beau costume, celui que je portais le jour de mon mariage et que ma femme aimait tant. Ensuite je suis descendu à la cuisine et j'ai pris un déjeuner simple composé de fruits, et sans café. Émilio m'attendait, si j'ose dire, dans le petit panier d'osier qui lui sert de lit depuis près de quinze années. Il ne bougeait plus guère, désormais, mais je sentais son regard encore vif braqué sur moi. Je ne crois pas à ces légendes selon lesquelles les animaux domestiques lisent dans vos pensées et devinent vos intentions. Mais quelque chose dans mon comportement plus solennel que d'habitude a dû lui mettre la puce à l'oreille, c'est le cas de le dire. En tout cas, un peu avant l'heure fatidique, quand je l'ai pris entre mes bras et que j'ai serré son corps amaigri contre ma poitrine, je l'ai senti se raidir et résister de toutes ses faibles forces. Et même une fois à la clinique, il a fallu à ce chat d'ordinaire si calme beaucoup de caresses et de paroles apaisantes avant de procéder sur lui à l'injection de pentobarbital. La maison est bien vide, à présent, sans ma femme et sans mon petit compagnon. Et pourtant je me suis surpris ce matin, dans la cuisine, à parler à voix haute, comme si l'une et l'autre étaient toujours à mes côtés. Il nous faut, autour de nous, la présence d'êtres aimés. Séparés d'eux, nous peuplons le vide de fantômes.

Massimo Gentile, 26 juillet

HÉRITAGE

J'avais tout juste six ans lorsque mes parents m'ont inscrite à mes premiers cours de piano. J'ai tout de suite adoré ça. Je ne dis pas que j'ai tout de suite été experte : bien des années m'ont été nécessaires avant que je puisse enfin me dire : « Ça y est, je suis une pianiste. » À vingt-quatre ans, j'avais acquis suffisamment de technique, de sensibilité musicale et d'assurance pour envisager l'enregistrement d'un disque comprenant quelques-unes de mes compositions. Les répétitions en studio, la prise de son, le montage, le mixage puis le *mastering* par l'ingénieur du son se sont passés magnifiquement, et j'étais confiante pour la suite des choses : je savais que je venais de produire un album très beau, sensible, pas trop pointu, accessible à un large public de mélomanes. Les différentes étapes de la campagne publicitaire avaient été soigneusement planifiées. Mais son retentissement et les fruits qu'elle était censée porter ont été décevants : au bout de quatre mois, quelques centaines d'exemplaires à peine avaient trouvé preneur. Un soir, j'ai décidé d'aller noyer ma déception en allant boire un coup en ville. À mon arrivée, une amie était déjà accoudée au comptoir du petit bar où m'avaient machinalement menée mes pas. La soirée, finalement assez joyeuse, s'est déroulée pour elle et moi à siffler ensemble quelques verres de whisky. Vers minuit, mon amie m'a le plus sérieusement du monde dit ces mots: « Tu devrais remplacer ton nom sur la pochette de l'album par un nom d'homme. Je suis sûre que ton disque trônerait au haut des palmarès et qu'on entendrait ta musique sur toutes les radios. » J'étais scandalisée. Quoi ? Des décennies de revendications égalitaristes, de lutte pour la reconnaissance et l'extension des droits des femmes pour en arriver là ? Je jugeais pathétique et pour tout dire franchement minable la suggestion de mon amie. En tout cas, j'ai juré ce soir-là sur la tête de ma défunte mère féministe que jamais je ne me raturerais de la sorte. Encore un mois a passé, puis j'ai repris à temps plein mon boulot de relationniste de presse (un moment abandonné, le temps de procéder à l'enregistrement et à la promotion du disque). Mais ça n'était pas une bonne année pour moi. Un peu avant Noël, la faillite de l'agence qui m'engageait m'a poussée au chômage. L'argent a commencé à manquer cruellement. J'en étais arrivée à ne me nourrir que de sandwiches et de soupe en sachet. J'ignorais si, comme l'avait évoqué mon amie, le fait de tricher et de travestir mon identité aurait pu me sortir de l'état misérable où j'étais à présent plongée. C'était possible, après tout. Ça s'était vu, déjà. En tout cas, même aux heures les plus sombres de ma dégringolade financière, je n'ai jamais cédé à cette sinistre tentation. Puis le vent a tourné, et je ne me suis en fin de compte pas trop mal tirée d'affaire. Mais si la musique tient encore une place importante dans ma vie, je ne joue la plupart du temps que devant des publics clairsemés, applaudissant poliment à la fin de mes petites exécutions. Qu'importe: je suis restée fidèle à mes convictions. Ma mère serait fière de moi.

Romy Monier, 5 août

PAPILLONS

Il n'y a pas si longtemps, j'ai mis au monde un enfant qui n'a vécu que quelques jours. La petite chambre qui avait été aménagée pour lui est restée silencieuse. Mon mari et moi venions chaque jour y effleurer rêveusement l'un ou l'autre objet, observer un moment les figures colorées du mobile suspendu au-dessus du berceau, poser nos mains un peu tremblantes sur la douce couverture de laine. Oh, mais nous ne cherchions pas, comme vous le supposez peut-être, à ressasser masochistement notre chagrin. Comment dire ? Nous nous efforcions plutôt d'en déplacer les bornes, nous tâchions de voir si une forme de lumière pouvait encore se dissimuler derrière cette ombre épaisse. Il me semble, à la longue, que nous y sommes parvenus. Seulement, nos cœurs désormais sont pareils à ces papillons qui voltigent dans un rai de soleil mais dont on ne peut toucher les ailes sans qu'elles s'effritent sous les doigts.

Madeline Sauveur, 18 décembre

MÉCANIQUE UNIVERSELLE

Deux des trois enfants de notre famille sont nés à la faveur de rituels scrupuleusement exécutés par ma mère. Prenez par exemple ma sœur Gisèle : maman était persuadée que, pour accoucher d'une fille, une femme enceinte devait glisser chaque soir une paire de chaussures sous son lit. Eh bien, c'est exactement ce qu'elle a fait pendant neuf mois, puis Gisèle est née. Même chose pour Maurice, le deuxième de la famille. Dans l'esprit de ma mère, un code de conduite à vrai dire assez obscur stipulait que la naissance d'un enfant mâle était conditionnelle au fait de passer chaque nuit le balai dans la maison. Cette année-là, mon père a donc vu maman, qui désirait cette fois un garçon, se lever deux cent soixante-quatorze fois (le nombre de nuits dans une grossesse) entre minuit et une heure afin de balayer chaque pièce de notre petit bungalow. Les choses se sont passées différemment quand est venu mon tour. Un truc a dû se détraquer dans la grande et capricieuse mécanique universelle des superstitions, et les deux cent soixante-quatorze nuits de balayage ont cette fois-là mené, plutôt qu'à la naissance du garçon souhaité, à ma très féminine arrivée en ce monde. Maman m'a bien sûr aimée *quand même*, si j'ose m'exprimer ainsi, et je n'ai somme toute jamais souffert de sa déception. Peut-être aura-t-elle, à un moment ou à un autre, tiré quelque enseignement de cet événement. Papa en tout cas m'a confié un jour avoir surpris sa chère épouse en train de brûler dans la cour le maudit balai qui avait si fâcheusement déjoué ses plans.

Margot Aird, 12 décembre

DEUX SŒURS

Pendant l'année au cours de laquelle ma sœur a fait sa dépression, je suis venue toutes les semaines chez elle pour lui apporter mon aide et tenter de lui prodiguer un peu de réconfort. J'arrivais avec mon seau et mes produits nettoyants, puis j'astiquais et rangeais sa maison plus ou moins laissée à l'abandon. Ensuite je préparais du thé et nous nous installions à la cuisine ou dans le petit salon pour bavarder. « Comment pourrais-je jamais te remercier pour tout ce que tu fais pour moi ? » me répétait-elle souvent, de sa belle voix un peu lasse. « Je trouverai bien quelque chose », lui répondais-je, pour apaiser son sentiment de culpabilité. Les jeudis, je l'accompagnais jusqu'à la porte de la clinique, attendais dans l'auto la fin de la séance avec le psychologue, puis la raccompagnais à la maison. Parfois, après avoir passé un moment avec elle à discuter de choses et d'autres, j'allais cueillir son manteau dans la penderie, je le lui mettais sur les épaules, et nous sortions toutes les deux pour aller prendre l'air. Bien des fois, aussi, je l'ai laissée appuyer sa tête sur mon épaule et j'ai tant bien que mal séché ses pleurs. Quand je ne pouvais pas venir chez elle, je l'appelais et m'assurais qu'elle avait pris ses médicaments, qu'elle avait fait sa toilette et mangé au moins un morceau. Les mois ont passé, et peu à peu ma sœur a recommencé à prendre de petites initiatives : arroser les plantes, faire un peu de ménage, aller chercher le courrier à la boîte communautaire. Ses toiles, quand elle s'est remise à la peinture, n'ont pas plus qu'avant reflété un talent très au-dessus de la moyenne, mais je trouvais qu'elles étaient sensiblement plus lumineuses, comme si l'espèce d'immobilité et de vide intérieurs qui l'affligeaient depuis si longtemps s'étaient transformés en énergie cinétique. Lorsqu'il est apparu évident que la maladie avait été vaincue, j'ai repensé à la question de ma sœur. Je savais que je n'allais pas m'en tirer comme ça et qu'elle allait tout faire pour m'exprimer sa reconnaissance. « Qu'est-ce qui te ferait plaisir ? » me demandait-elle, à la fin de la journée, quand nous étions toutes les deux assises sous les arbres de son petit jardin parfumé. Un soir, j'ai répondu : « Je voudrais que nous restions toujours toutes les deux comme ça, réunies et paisibles. » Eh bien, vous savez quoi ? Elle m'a prise au mot et m'a priée de venir habiter avec elle, dans cette maison où je suis tant de fois allée, à l'époque, la tirer de son désespoir. Cinquante-trois ans ont passé depuis que nous avons emménagé ensemble. Une vie entière vécue sans maris, sans enfants, en toute camaraderie et sans jamais nous disputer. Il me semble que ça mérite bien d'être mentionné dans votre petit livre de banalités extraordinaires.

Annabell Becker, 26 avril

LE SECRET

Je travaillais en ce temps-là sur une ferme, où j'étais chargé de nourrir les bêtes. Un important troupeau de chèvres (cent cinquante animaux) avait ses habitudes dans le pré adjacent à la grange. J'allais m'y mêler pour distribuer les ballots de foin transportés jusque-là par tracteur. Parce que j'étais une figure connue et rassurante de ces ruminants toujours plus ou moins craintifs, mon arrivée était saluée par des bêlements de joie. J'aimais bien ces petits êtres doux et bondissants, voués à une vie simple et secrètement doués pour le bonheur. La transition brutale d'un régime carné au profit d'une alimentation essentiellement végétale avait causé la mort d'une mère, dont le chevreau me prenait à présent pour son parent de remplacement. J'avais deux ombres, désormais : celle, habituelle et silencieuse, que me dessinait la lumière, et une autre qui me suivait tout aussi fidèlement mais dont les petits chevrotements hésitants entretenaient ma conversation. Pendant tout le jour, et au milieu de toutes mes tâches, je feignais de discuter de diverses choses avec mon chevreau. Aucune de mes paroles ne restait sans réplique. Ses préférées semblaient être celles touchant le bonheur, justement, ce qui pour un orphelin trop tôt privé de chaleur maternelle était somme toute compréhensible. Un jour que je caressais pensivement ses petites cornes, je lui ai demandé : « Comment fais-tu pour être toujours si dénué de chagrin ? » Alors la mignonne tête blanche s'est un peu penchée. Et pour une fois, aucun son n'est sorti de cette gueule restée pudiquement close.

Clovis Lemoine, 12 juin

UN SI BEL APRÈS-MIDI

Nous avions mon mari et moi un couple d'amis dont le fils, parvenu au stade le plus avancé d'une leucémie lymphoblastique, ne pouvait espérer bénéficier de la transfusion sanguine qui lui aurait évité la mort. Les lois imposées par notre religion interdisent en effet, même au péril de la vie, l'apport de sang étranger dans le corps. Nous connaissions la difficulté de dissuader un esprit convaincu. Celui de nos amis restait hermétiquement fermé à nos raisonnements. Nous étions atterrés : l'enfant allait mourir parce que la Genèse, le Deutéronome, le Lévitique et les Actes des Apôtres l'avaient décidé ainsi. Nous ne pouvions permettre une chose pareille, même en dépit de notre propre foi inébranlable et de notre espérance en l'établissement prochain du Royaume de Dieu sur Terre. Nous sommes allés en secret trouver le médecin traitant, et l'avons prié de joindre ses forces à celles de Jésus et de tout tenter afin de résoudre ce problème. J'ignore si nos paroles ont eu une réelle influence sur une décision peut-être prise par lui bien avant. Sous ses pressions, les autorités judiciaires ont en tout cas immédiatement pris l'affaire en main. Moins de trente heures plus tard, un tribunal a rejeté l'argumentation des parents, a jugé qu'il fallait protéger l'enfant de sa religion et ordonné l'administration des soins médicaux appropriés. Le soir même, du sang nouveau a coulé dans les veines du garçon, et la si menaçante multiplication des globules blancs a commencé à ralentir. Quelques semaines plus tard la prolifération invasive se stabilisait, puis cessait. Le malade reprenait des forces, retrouvait ses capacités pulmonaires, et son visage n'affichait plus cette pâleur extrême qui avait fait penser à un masque de cire. La guérison complète a été célébrée dans le jardin de nos amis, par un magnifique après-midi du mois de juillet. Une crainte sourde, mêlée à leur joie, pesait sur leur cœur. Jéhovah allait-il se détourner de cette famille qui avait outrepassé sa volonté divine ? Mon opinion vaut ce qu'elle vaut, bien sûr. Mais laissez-moi vous dire une chose : il faisait si beau ce jour-là, et la vie était si douce, que j'ai peine à croire que Dieu était fâché et qu'il planifiait sa vengeance. Et si vous voulez tout savoir, je crois même qu'il se tenait parmi nous dans ce jardin, et qu'il s'émerveillait, lui aussi, de la chanson admirable des oiseaux.

Romane Pallister, 27 juin

ÉMILIE ET ANTHONY

Ma femme venait d'égarer, au cours d'une baignade dans l'étang, la petite médaille argentée en forme de cœur que je lui avais offerte le jour de notre mariage. L'usure avait fait son œuvre, et la chaînette, finalement, s'était rompue, entraînant par le fond le bijou tant aimé. J'ai cru bon consoler ma femme en lui proposant de passer avec elle une journée entière dans notre chaloupe. Ne riez pas : Émilie adore passer du temps, beaucoup de temps, à dériver en silence dans cette modeste embarcation, une canne à la main, à attendre qu'un poisson morde à l'hameçon. La pêche le jour venu n'a pas été particulièrement bonne : à nous deux, nous n'avons réussi à tirer de l'eau qu'une seule truite, d'ailleurs pas très grosse (30 centimètres, 350 grammes). Le soir, de retour à la maison, j'ai proposé de passer sur-le-champ ce petit salmonidé à la casserole avec un carré de beurre, un peu de citron bien frais et quelques fines tranches d'oignon. J'ai sorti du tiroir mon long couteau à lame flexible (idéal pour lever les filets et débarrasser le poisson de ses arêtes), puis j'ai saisi la truite et lui ai ouvert le ventre. À l'intérieur de l'estomac j'ai trouvé la médaille perdue deux jours plus tôt, sur laquelle j'ai fait graver il y a vingt et un ans les mots *Émilie et Anthony*.

Anthony Nemecek, 27 septembre

PRIÈRE SILENCIEUSE

Après la mort de sa femme, grand-papa est venu habiter avec nous. Mes parents lui avaient aménagé au sous-sol un petit atelier de menuiserie où il aimait se réfugier après le souper en famille. J'allais souvent l'y rejoindre, après avoir fait mes devoirs et bien repassé mes leçons. Nous étions un soir réunis là, parlant comme d'habitude assez peu, mais heureux de nous retrouver ensemble, à l'écart des autres. Il était depuis deux jours en train de sculpter dans un morceau d'épinette une statuette de saint George, qu'il aimait parce qu'il lui trouvait une ressemblance avec Maurice Richard, joueur étoile immensément célèbre et admiré, au moins au Québec. À un moment, il lâche un peu son canif, balaie du revers de la main les copeaux accumulés sur l'établi, penche sa bonne tête blanche vers moi et me demande : « Sais-tu pourquoi Maurice portait le chandail numéro 9 ? » C'était toujours le genre de trucs qui occupaient sa pensée. Vous vous imaginiez, avec son air sérieux et la série de statuettes de saints alignés sur l'étagère, qu'il songeait à Jésus ou qu'il entretenait d'une manière ou d'une autre sa vie spirituelle. C'était en fait un esprit pratique, que toute une vie de proximité avec Dieu et de lectures assidues de la Bible (qu'il consultait chaque jour comme on s'interroge sur un mode d'emploi) n'était pas parvenue à détourner du quotidien le plus concret. Non, je ne savais rien des raisons qui avaient poussé Maurice Richard à opter pour le numéro 9. Relevant alors la tête, brandissant sa statuette de saint George encore comiquement inachevée, grand-papa a dit : « Eh bien, Maurice portait le numéro 9 parce que son premier enfant, Huguette, pesait exactement neuf livres à la naissance. Le soir même de cette naissance, le *Rocket* est allé trouver l'entraîneur Dick Irvin et a obtenu l'autorisation de changer son numéro pour passer du 15 au 9. » On sentait que mon grand-père admirait cette trouvaille, cette façon merveilleusement terre-à-terre que l'ailier droit des Canadiens de Montréal, homme de peu de mots, avait inventée pour exprimer son amour. Et je comprenais mieux, maintenant, pourquoi les statuettes de saints s'accumulaient de la sorte sur l'étagère au-dessus de l'établi et partout dans la maison. Je pense que c'était une forme de prière silencieuse, sans incommodant recours aux mots, une façon qu'avait conçue grand-papa pour dire le plus tangiblement possible à son dieu qu'il l'aimait.

Cédric Morel-Desmeules, 5 mars

COMPLETS ABRAMOWICZ

Le Village-aux-Oies (ou *Goose Village*, comme on disait alors) formait à l'époque une petite enclave résidentielle au cœur de la zone ferroviaire et industrielle du faubourg Sainte-Anne. C'est dans ce quartier de Montréal, aujourd'hui passé sous le pic des démolisseurs, que mon oncle Jonah avait son modeste mais prospère atelier de confection. Chaque matin, Jonah quittait sa maison à sept heures pile, marchait le long des rues à l'ombre imposante du pont Victoria, puis arrivait à sept heures vingt à l'atelier, où il s'apprêtait pour sa journée de travail. La grosse caisse enregistreuse plantée sur le comptoir depuis vingt ans faisait souvent résonner sa clochette : bon an mal an, mon oncle pouvait confectionner de quarante à cinquante complets, sans compter les dizaines de chemises, de pantalons et de gilets commandés par une clientèle venue des quatre coins de la ville. Les samedis après-midi, j'étais autorisé par mes parents à aller passer une heure ou deux à l'atelier. J'adorais regarder Jonah dessiner les patrons, couper méthodiquement les pièces avec ses gros ciseaux, les assembler, réaliser les boutonnières et préparer la *bûche* (c'est-à-dire élaborer les doublures et les poches, puis les attacher au corps du vêtement). Je ne rêvais pas particulièrement de devenir tailleur, mais je trouvais de l'apaisement dans l'observation de ce travail méticuleux, exigeant beaucoup d'assurance dans les gestes et en définitive une grande maîtrise de soi. Je finissais par me dire que mon oncle devait posséder les qualités d'un sage, ou en tout cas d'un homme avisé, qui avait su amadouer en lui ces penchants (alcool, jeu, délinquance, etc.) qui avaient causé la perte de bien des membres de notre famille. Puis, au début des années 1960, quand l'industrie du sur-mesure a commencé à décliner au profit du prêt-à-porter, Jonah a dû renoncer à son métier de tailleur et se résigner à la faillite de son commerce tombé en désuétude. Les choses à partir de là ont mal tourné, et mon oncle, à l'instar de mon père, de mon frère aîné et de pas mal de mes cousins, s'est mis à sérieusement lever le coude. Je suis encore retourné récemment dans la petite rue où l'atelier des Complets Abramowicz affichait autrefois si fièrement ses grosses lettres peintes en rouge dans la vitrine. Bien sûr, plus rien ne subsiste de tout ça, et la maison elle-même de mon oncle a depuis longtemps disparu. Mais chaque fois que je vais faire quelques pas dans ce quartier où j'ai appris ce qu'est la tempérance, la rigueur, la concision, l'élégance et l'amour du travail bien fait, j'enfile la plus belle de mes chemises et mon pantalon le plus fin.

Daniel Abramowicz, 6 décembre

LA FEMME AU RIRE D'ENFANT

Par un jour de grande liberté, j'ai compris que j'étais homosexuelle. J'avais le matin même vidé mon compte bancaire, je m'étais acheté une vieille auto pour la somme de deux cent trente-sept dollars et, le soir, j'ai roulé jusqu'à une maison où, sans le savoir, j'avais rendez-vous avec mon destin. Une femme que je ne connaissais pas était assise au salon, silencieuse et circonspecte parmi la foule bruyante rassemblée là. Je me suis installée auprès d'elle, nous avons entamé la discussion, puis je suis née une deuxième fois. « En vingt-deux ans, lui ai-je dit en m'enfonçant dans les coussins, j'ai eu toutes les raisons d'être heureuse. Je n'en ai saisi aucune. Je crois qu'inconsciemment j'attendais d'entrer dans cette maison et de m'asseoir ici à côté de toi. » Le rire clair qui s'est alors formé dans sa gorge m'a rappelé celui de mon frère lorsqu'il venait, petit enfant, me réveiller le matin en me mettant un doigt dans l'oreille, ou en m'offrant un collier de nouilles. Le voyage de retour au petit matin s'est en partie mal passé : une panne à mi-chemin nous a forcées d'abandonner mon auto fatiguée sur le bord de la route. La longue marche joyeuse qui en a résulté, au milieu de la campagne éclairée par les mouches à feu, constitue le socle sur lequel notre amour s'est érigé. Au bout de dix ans nous nous sommes mariées dans une clairière inondée de soleil, en compagnie d'une bonne partie des braves gens rassemblés une décennie plus tôt dans cette maison où j'avais été invitée à faire la fête. Je voudrais dire ceci en terminant : j'ai beaucoup étudié, beaucoup questionné les gens et réfléchi au sujet de tant de choses, et pourtant je ne suis sûre de rien. Mais quelque chose dont j'ignore la nature et la raison d'être me dit que le reste de mes jours se passera aux côtés de cette femme au rire d'enfant.

Estelle Dwyer, 19 avril

POURSUIVRE LA ROUTE

Je venais à vingt-quatre ans de terminer mes études et planifiais, avant d'entrer dans les affaires, de voyager de par le monde. Un accident grave est venu contrecarrer ce plan. Le physiothérapeute qui venait chaque jour à la maison pour m'assister dans mon réapprentissage de la marche déployait presque autant d'efforts que moi. Mais les douze mois consacrés à cette tentative de rétablissement ont été décevants. Il a bien fallu, à la fin, abdiquer devant l'inéluctable : mes jambes à jamais paralysées n'allaient plus jouer leur rôle. Cette année de douleurs et de luttes si vaines m'avait à ce point abattue que j'ai commencé à préparer mon suicide. J'envisageais une fin à la Ernest Hemingway, qui, après avoir fait ses adieux à ses chats et fumé un dernier cigare bien roulé, a appuyé sur la gâchette. J'avais fixé au lendemain mon rendez-vous avec ma mort. Le fusil de chasse avait été déposé sur le bureau, je n'aurais pour passer à l'acte qu'à franchir en fauteuil roulant les quelques mètres séparant mon lit de ce meuble. Le matin venu je me suis extirpée de mes draps, j'ai nourri ma perruche à collier, j'ai fait ma toilette et je me suis habillée, puis je suis allée chercher la Winchester. J'avais le canon dans la bouche lorsque j'ai entendu, au milieu du silence assourdissant, ces mots distinctement prononcés par la perruche : « Terre ! Terre ! »

C'est assez curieux à dire, mais il ne m'en a pas fallu davantage pour renoncer à mon projet. J'avais vingt-cinq ans, je n'avais presque rien vécu. Mais j'étais soudainement submergée par le sentiment d'avoir accumulé beaucoup d'expérience. C'était comme si, passant par le petit corps de cet oiseau, m'était parvenue la voix de ma propre conscience arrivée au terme d'un premier voyage et désireuse de poursuivre la route.

Victoria Chamberland, 31 octobre

LE *CANTIQUE DE JEAN RACINE*

Tout avait été planifié. Elle avait elle-même fixé à neuf heures du soir le moment de l'absorption du mélange de digitaline et d'eau qui devait interrompre les battements de son cœur. Une musique soigneusement choisie par elle aussi (le *Cantique de Jean Racine*, de Gabriel Fauré) allait à cette heure solennelle répandre dans la chambre sa beauté mélancolique. Quand la lumière du jour a laissé sa place à l'obscurité et qu'à cause de la lampe à huile les ombres ont commencé à s'allonger, l'idée à présent plus concrète de la mort l'a un instant épouvantée. J'ai senti sa main, qui depuis une heure tenait la mienne, se serrer comme on serre un garde-fou pour ne pas tomber. À sa demande, j'ai abaissé le bras du phono, et la douce introduction à l'orgue est venue adoucir un peu sa peur. Le chœur, majestueux, entré pupitre par pupitre, a achevé de changer cette peur en courage. Après le pont instrumental de la quarantième mesure, le *Cantique* a atteint son plus haut niveau expressif, et tout à coup le tremblement de la main a cessé. Un geste a suffi, un bras à peine allongé, des lèvres qui s'entrouvrent, puis il n'est plus resté qu'un verre vide et des ombres qui oscillaient dans la lueur pâle d'une flamme. Dans la mort, sans doute, le *Cantique* s'éteignait lentement et par degrés, rythmant les premiers pas de ma sœur dans cette autre dimension.

Anonyme, 16 avril
(propos recueillis par lettre)

HIVER 1987

Il y avait, dans le quartier où nous habitions, un homme qui vivait dans la rue et qui, le soir venu, s'installait avec sa pauvre couverture sur un banc du parc pour y dormir. Je le voyais tous les jours promener son ombre et mendier aux passants le peu de nourriture nécessaire à sa survie. J'allais souvent, le soir en rentrant de l'école, échanger avec lui quelques mots et lui offrir la moitié de sandwich qui me restait dans mon sac. Une fois, en novembre, je lui ai donné ma tuque en lui faisant promettre de bien se l'enfoncer sur la tête et jusque par-dessus les oreilles. C'était un chic type, oublié de Dieu, et que la chance avait abandonné. En décembre, le froid s'est abattu sur la ville. C'en était trop pour ma sensibilité naissante, encore infiniment perméable aux maux de la terre. Un samedi matin, j'ai profité d'une courte absence de mes parents pour courir jusqu'au parc et ramener à la maison mon ami frigorifié et sans logis. Je lui ai préparé des crêpes arrosées de sirop, qu'il a englouties. Ensuite nous avons bavardé un peu et regardé par la fenêtre la neige doucement s'accumuler sur les branches des arbres. Il n'y avait pas d'amertume dans ses paroles, seulement une légère déception mêlée d'ennui. La présence à table d'un inconnu tristement vêtu de haillons et coiffé de ma tuque a quelque peu pimenté le retour de papa et maman. Ça s'est calmé lorsque je leur ai rappelé la leçon qu'eux-mêmes m'avaient apprise, à savoir que la compassion n'est utile que si elle est mise en pratique. « Oui, bon, très bien, a dit mon père, un peu excédé. Tu es un garçon compatissant, bravo. Seulement, on n'invite pas des étrangers chez soi, comme ça, tu comprends ? » Je comprenais, bien sûr. Notre visiteur aussi comprenait, et c'est pourquoi à ce moment il s'est levé de sa chaise, s'est confondu en excuses et s'est dirigé vers la porte. Puis il est sorti dans le froid et est retourné à ses affaires. L'hiver cette année-là a été particulièrement dur. Mais chaque jour, je suis allé au parc porter à mon ami un sandwich préparé par l'un ou l'autre de mes parents.

Michaël Aubin-Lajoie, 29 mai

LE CŒUR DE MA MÈRE

Je m'appelle Imrân Sabbagh, j'ai quatre-vingt-neuf ans, et j'ai un frère jumeau identique qui n'est pas né le même jour que moi. Maman, issue d'une famille culturellement métissée (un père tunisien, une mère française), amoureuse de la montagne mais vivant sur le bord de la Méditerranée, pleine d'ambitions politiques mais attirée par la vie solitaire, avait en quelque sorte toute sa vie coupé son cœur en deux parties égales. Cette division s'est poursuivie (je dirais même qu'elle s'est incarnée) à l'accouchement de ses jumeaux, puisque je suis venu au monde le 31 décembre 1931 à 23 heures 59 minutes, et mon frère Moncef, lui, quelques instants plus tard, dans les premières minutes de l'année 1932. C'est au fond comme si le cœur de maman avait sans cesse et toujours débordé. Le monde, l'amour, et le temps lui-même n'étaient peut-être pas assez grands pour le contenir.

Imrân Sabbagh, 10 octobre

LE TEMPS

Ma vie s'est déroulée pendant un certain temps sans histoires, puis quelque chose que je ne saurais expliquer est arrivé et j'ai été éjecté de l'enfance. Vers l'âge de douze ans, je suis devenu non pas vieux mais tout à coup très éloigné de la naissance. Je suis allé trouver ma mère et lui ai demandé quelle était cette porte qui se refermait en moi. « C'est le *temps*, m'a-t-elle affirmé avec une sorte de mélancolie très douce dans la voix. À partir de maintenant, ce qui n'était dans ta vie qu'une succession d'événements sans poids réel va se charger de songes, s'alourdir d'engagements, s'épaissir d'ambitions puis s'orienter vers l'avenir afin de te former petit à petit un destin. » Aujourd'hui, lorsque je me retourne, je ne distingue plus de ma naissance qu'un minuscule et lointain point lumineux, qui sans doute s'éteindra au moment de mon entrée dans la mort. À moins, à l'inverse, que ce feu ne reprenne de la vigueur et que le temps, à partir de là, ne poursuive sous une forme différente et d'une façon ou d'une autre sa marche en avant. Oh, n'allez pas vous imaginer que je suis habité par la foi des croyants, qui s'attendent dans l'autre monde à une rencontre. Seulement, j'ai peine à croire que cette vie, que tout ce temps si patiemment aménagé en destin s'achèvera dans une impasse. En tout cas je n'ai pas peur.

Mario Petitclerc, 8 février

EXEMPLE À L'APPUI

Le 18 mai 1980, quelques minutes après le début de l'éruption du mont Saint Helens (État de Washington), un bloc de granite de la dimension d'un petit fauteuil, craché par le volcan, est venu traverser le plafond de ma maison pour terminer sa course elliptique dans mon salon. Le matin même, pour inventaire, j'avais disposé en cercle dans ce salon les soixante-quatre objets de porcelaine (assiettes, verres, bols, saladier, carafes, etc.) composant l'antique service de vaisselle hérité de ma grand-mère. À la manière d'une flèche propulsée par un archer très habile, le bloc de granite a insensément atterri au centre de cette cible étroite. Quelques tasses ont bien entendu été renversées, mais aucun, je dis bien *aucun* bris ne s'est produit parmi la vaisselle de grand-maman. Même les débris tombés du plafond n'ont fait qu'effleurer le tout, absolument sans dommages. J'ai le projet de proposer au Monde une théorie : la vie, y expliquerais-je (exemple à l'appui), n'est jamais si merdique qu'on le dit.

Trevor Harris, 14 mai

ALCOOLS

Il y a derrière chez moi un arbre dont j'ignore le nom, mais dont les petits fruits rouges attirent chaque jour des centaines d'oiseaux. En septembre, après que le soleil a pendant tout l'été bien chauffé les baies, de minuscules bulles apparaissent à leur surface, ce qui signifie que leur sucre est en train de se transformer en alcool. En un ou deux jours, les branches se courbent sous le poids de ces petites centrales à fermentation gorgées d'éthanol, et l'arbre se transforme en un énorme alambic naturel. Les oiseaux venus s'empiffrer de fruits repartent alors par voie de terre, saouls, incapables de voler. Certains tombent carrément de la branche où ils s'étaient installés, ou, s'ils tentent un décollage, parcourent un mètre ou deux dans l'air puis s'écrasent lamentablement au sol, où ils poursuivent leur route en zigzaguant, s'imaginant peut-être suivre une ligne droite. À noter : tous chantent à tue-tête. Mais à la fin, vous les retrouvez endormis dans les buissons, en train de cuver leur vin. Voici ma suggestion : si vous planifiez réellement de faire un livre avec les histoires que vous racontent tous ces gens, placez la mienne à la toute fin. Je trouverais formidable que vos lecteurs, en refermant le bouquin, restent avec dans la tête une histoire d'oiseaux ivres rêvant dans leur sommeil éthylique à de beaux horizons indépassables.

Jonathan Théberge, 30 septembre

Sainte-Adèle, printemps 2022

Pour joindre l'auteur:
jfbeauchemin@aol.com

Remerciements
(par ordre de rencontre)

2018

Russel Charles, 9 janvier
Norman Russo, 17 janvier
Dominic Sewátis, 26 janvier
Jean-Michel Levac, 29 janvier
Anonyme, 3 février
Faustin Danticat, 14 février
Paul-André Malo, 19 février
Pierre-Paul Beauregard, 28 février
André Murdock, 1er mars
Adèle Lefrançois, 10 mars
Thierry Pélissier, 13 mars
Solange Desmarteaux, 30 mars
Emma Fonteneau, 2 avril
Laurence Barrington, 13 avril
Kevin Béchard, 21 avril
Léo Saint-Germain, 23 avril
Cassey Kweller, 29 avril
Qian Wén, 2 mai
Erhardt Bachmeier, 10 mai
Martin Seligman, 14 mai
Maxime Prégent, 22 mai

Christian Gibeau, 2 juin
Anonyme, 8 juin
Guillaume Larocque, 12 juin
Damien Villeneuve, 19 juin
Dakota Miller, 16 juillet
Simon de Belleval, 1er août
Asher Sutherland, 11 août
Liberio Pensiero Stefani, 18 août
Gabriel Brazeau, 23 août
Lucille Paradis-Fortier, 31 août
Mei Fāng, 2 septembre
Hao Wu, 9 septembre
Francis Salgado, 16 septembre
Romain Levasseur, 23 septembre
Patrick Murphy, 30 septembre
James Macdonald-Dupuis, 27 octobre
Gilles Reid, 30 octobre
Lily-Rose Galipeault, 18 novembre
Bertrand Gervais, 29 novembre
Maurice Baumgartner, 3 décembre
Jasmine Clancy, 16 décembre
Yasuko Hasegawa, 24 décembre
Karl Morissette, 31 décembre

2019

Jeanne Nantel, 12 janvier
Mathieu Sauvé-Nguyen, 21 janvier
Ayman Sharabi, 7 février
Jessy Beauchesne, 16 février
Jean Cordier, 23 février
Francis Boulay, 27 février
Oumarou Tassembedo, 9 mars
Jean-Pierre Alonzo, 16 mars
Marcus Espinoza, 21 mars
Bertrand St-Pierre, 30 mars
Kilian Reiter, 3 avril

Aurèle Santerre, 10 avril
Placide Bouchard, 17 avril
Cody Wilkerson, 30 avril
Gabriel Masson, 6 mai
Nesly François, 18 mai
Christian Vadnais, 25 mai
Jean-François Lemieux, 30 mai
Claudia Le Fur, 7 juin
Mahaleo Ingahimatoabe, 13 juin
Massimo de Campura, 22 juin
Vincenzo Bello, 29 juin
Frida Culpo, 6 juillet
Gabrielle Bédard, 13 juillet
Bret Eaton Kemp, 19 juillet
Florence Chevalier-Marcotte, 27 juillet
Béatrice Fortier, 31 juillet
Olivier Kirouac-Marquis, 6 août
Renaud Larochelle, 14 août
Adam Frey, 27 août
Donna Pruvot, 30 août
Martin Dufour, 3 septembre
Erin Jacobson Prentice, 11 septembre
Fabien Bergounioux, 26 septembre
Izak Rodet-Rieu, 2 octobre
Félix Maheu-Guérin, 9 octobre
Armand Dallaire, 17 octobre
Maxwell Bérubé, 26 octobre
Fabio Forgione, 9 novembre
Loïc Béchard, 16 novembre
Charles Khachaturian, 22 novembre
Clive Byrne, 30 novembre
Jacques Shuhl, 7 décembre
Boris Kalinine, 13 décembre
Oliver Aymes, 20 décembre
Gervais Dassilva, 30 décembre

2020

Anderson Meunier, 9 janvier
Alain Rainier, 16 janvier
Bruno Couture, 25 janvier
Maude Trottier, 1er février
Mario Petitclerc, 8 février
Marc-André Montplaisir, 20 février
Cédric Morel-Desmeules, 5 mars
Jean-Denis Gagnon, 22 mars
Charles Handfield, 28 mars
Marcel Bovet, 1er avril
Claudette Gariepy, 8 avril
Anonyme, 16 avril
Estelle Dwyer, 19 avril
Annabell Becker, 26 avril
Ajay Singh, 30 avril
Saïda Fadhel, 6 mai
Trevor Harris, 14 mai
Michaël Aubin-Lajoie, 29 mai
Monique Châteauvert, 6 juin
Clovis Lemoine, 12 juin
Rose-Aimée Langendorfer, 20 juin
Romane Pallister, 27 juin
Pasang Pünkhang, 4 juillet
Andrew Sheever, 10 juillet
Massimo Gentile, 26 juillet
Liam Torres, 30 juillet
Romy Monier, 5 août
Cécile Derouin, 12 août
Jean-Claude Bachelier, 19 août
Amattaken Azoulay, 26 août
Hélène Amirault, 5 septembre
Jean-Christophe Buisson, 11 septembre
Anthony Nemecek, 27 septembre
Jonathan Théberge, 30 septembre

Anonyme, 2 octobre
Imrân Sabbagh, 10 octobre
Anonyme, 16 octobre
Nathan Dupras-Gagnon, 16 octobre
Françoise Campbell-Brosseau, 17 octobre
Victoria Chamberland, 31 octobre
Pierre-Olivier Champagne, 4 novembre
Jean-Luc Deschênes, 11 novembre
Anonyme, 28 novembre
Daniel Abramowicz, le 6 décembre
Margot Aird, 12 décembre
Madeline Sauveur, 18 décembre
Corinne Adenet-Louvet, 26 décembre
Charles Bailly, 29 décembre

TABLE DES MATIÈRES

2018

2019

2020

Trois ans sur un banc a été achevé d'imprimer en décembre 2024
sur les presses de l'imprimerie Corlet, en France,
pour le compte des Éditions Québec Amérique.
N° d'imprimeur : 24120422